亨利·詹姆斯 小说系列

李和庆 吴建国 主编

在笼中

In the Cage

〔美〕亨利·詹姆斯 著

王越西 译

人民文学出版社
PEOPLE'S LITERATURE PUBLISHING HOUSE

Henry James
In the Cage

Simplified Chinese edition copyright © 2020 by Shanghai 99 Readers'
Culture Co., Ltd.

图书在版编目(CIP)数据

在笼中/(美)亨利·詹姆斯著;王越西译.
—北京:人民文学出版社,2020(2022.2 重印)
(亨利·詹姆斯小说系列)
ISBN 978-7-02-014247-7

Ⅰ.①在… Ⅱ.①亨… ②王… Ⅲ.①中篇小说-美
国-近代 Ⅳ.①I712.44

中国版本图书馆 CIP 数据核字(2018)第 093544 号

责任编辑 卜艳冰 邱小群 骆玉龙
封面设计 钱 珺

出版发行 人民文学出版社
社 址 北京市朝内大街 166 号
邮政编码 100705

印 制 上海盛通时代印刷有限公司
经 销 全国新华书店等

开 本 890 毫米×1240 毫米 1/32
印 张 5.375
字 数 109 千字
版 次 2020 年 9 月北京第 1 版
印 次 2022 年 2 月第 3 次印刷

书 号 978-7-02-014247-7
定 价 50.00 元

如有印装质量问题,请与本社图书销售中心调换。电话:010 - 65233595

序 一

◎李维屏

　　亨利·詹姆斯（Henry James，1843—1916）是现代英美文坛巨匠，西方现代主义文学运动的先驱。这位出生在美国而长期生活在英国的小说家不仅是英美文学从十九世纪现实主义向二十世纪现代主义转折时期一位继往开来的关键人物，而且也是大西洋两岸文化的解释者。自二十世纪八十年代以来，詹姆斯的小说创作和批评理论引起了我国学者的高度关注，相关研究成果层出不穷。他那形式完美、风格典雅的作品备受中国广大读者的青睐。近日得知吴建国教授与李和庆教授主编的"亨利·詹姆斯小说系列"即将由著名的人民文学出版社出版，我感到由衷的高兴，便欣然命笔，为选集作序。

　　亨利·詹姆斯是少数几位在英美两国文坛都拥有举足轻重地位的文学大师之一。今天，国内外学者似乎获得了这样一个共识，即詹姆斯的小说创作代表了十九世纪末开始流行于欧美文坛的一种充满自信、高度自觉并以追求文学革新为宗旨的现代艺术观。如果我们今天仅仅将詹姆斯看作现代心理小说的杰出代表或现代小说理论的创始人，这显然是远远不够的。如果我们将他的艺术主张放到宏观的西方文学革新的大背景中加以考量，将他的小说创作同一百多年前那场声势浩大的现代主义运动互相联系，那么我们不难发现，詹姆斯的创作成就、现代小说理论体系以及他在早期现代主义运动中的引领作用，完全奠定了他在现代世界文坛的重要地位。正如与他同时代的著名小说家约瑟夫·康拉德所说："凭借其作品和力量，詹姆斯是一位艺术的英雄。"著名诗人T.S.艾略特也曾感慨地说过："随着福楼拜和詹姆斯的出现，（传统）小说已经宣告结束。"我以为，詹姆斯小说的一个最重要的特征也许是他的国际视野。他所追求的国际视野不仅体现了他早期现代主义思想的开拓性，而且也成为第一次世界大战前后一批自我流放的现代主义者追踪国际文化和艺术前沿的风向标。君不见，詹姆斯创建的遐迩闻名的"国际主题"（the international theme）在大力倡导文化交流、文明互鉴、探索"人类命运共同体"的今天依然具有重要的启示作用。

"亨利·詹姆斯小说系列"分别收录了詹姆斯的六部长篇小说、四部中篇小说和两部共由十八个高质量的故事组成的短篇小说集。《一位女士的画像》《华盛顿广场》《鸽翼》《金钵记》《专使》和《美国人》等长篇小说不仅代表了詹姆斯创作的最高成就，而且早已步入了世界经典英语小说的行列。《螺丝在拧紧》《黛西·米勒》《伦敦围城》和《在笼中》等中篇小说以精湛的技巧和敏锐的目光观察了那个时代的生活，而詹姆斯的短篇小说则像一个个小小的摄像头对准各种不同的场合，生动记录了欧美社会种种世态炎凉、文化冲突以及现代人的精神困惑。毋庸置疑，这套詹姆斯小说选集的作品是经编选者认真思考后精心选取的。

"亨利·詹姆斯小说系列"的出版为我国的读者提供了一个

全面了解詹姆斯的创作实践、品味其小说艺术和领略其语言风格
的契机。我相信，这套选集的问世不仅会进一步提升詹姆斯在我
国广大读者中的知名度，而且会对国内詹姆斯研究的发展产生积
极的影响。

2018 年 1 月于上海外国语大学

开创心理现实主义小说先河的文学艺术大师

——"亨利·詹姆斯小说系列"序二

◎吴建国

一 引 言

"我们在黑暗中奋力拼搏——我们竭尽全力——我们倾情奉献。我们的怀疑就是我们的激情，而我们的激情则是我们的使命。剩下的就是对艺术的痴迷。"亨利·詹姆斯短篇小说《中年岁月》里那位小说家在弥留之际的这句肺腑之言，也是亨利·詹姆斯本人的座右铭。

詹姆斯的创作凝结着厚重的历史理性、人文精神和诗学意义，他的主题涵盖大西洋两岸的人们在社会、历史、文化、伦理、婚姻乃至意识形态等诸多方面的交互影响和碰撞，即所谓"国际题材"。他殚精竭虑地探索的问题是：什么是真实的生活，什么是理想的生活，更为重要的是，如何在艺术上再现这种生活。他强调人性、人情、人道，以及人的感性、灵性、诗性对人类生存的重要意义。在刻画人物的内心世界和社交活动时，常运用边界模糊甚至互为悖反的动机和印象展现人物的精神风貌，通过"由内向外"的描写反映变幻莫测、充满变数的大千世界和人的生存价值。他的叙事艺术和语言风格独树一帜，笔意奇崛，遣词谋篇精微细腻，具有高度的实验性，对人物、情节和场景的描摹颇具印象派绘画的特性，甚而有艰涩难解、曲高和寡之嫌。他是欧美现实主义向现代主义创作转型时期重要的小说家和批评家，是美国现代小说和小说理论的奠基人，是开创二十世纪西方心理现实主义小说先河的文学艺术大师。他曾三度（一九一一年、一九一二年、一九一六年）获诺贝尔文学奖提名，并于一九一六年获得英王乔治五世授予的功绩勋章。他卷帙浩繁的著作、博大精深的创作思想和追求艺术真理的革新精神，对二十世纪崛起的西方现代派乃至后现代派文学具有深远的影响。

二　亨利·詹姆斯小传

亨利·詹姆斯于一八四三年四月十五日出生在纽约市华盛顿广场具有爱尔兰和苏格兰血统的名门世家。他的祖父威廉·詹姆斯（William James，1771—1832）于美国独立战争之后不久从爱尔兰移民美国，凭借自己的努力成为纽约州奥尔巴尼市赫赫有名的银行家和投资家。他的父亲老亨利·詹姆斯（Henry James Sr.，1811—1882）继承了其父的巨额遗产，是一位富有睿智、性情豁达的哲学家、神学家和作家，是美国超验主义哲学家兼诗人拉尔夫·爱默生（Ralph Waldo Emerson，1803—1882）和哲学家兼诗人和散文家亨利·梭罗（Henry David Thoreau，1817—1862）等大文豪的知心好友。他的母亲玛丽·沃尔什（Mary Robertson

Walsh，1810—1882）出身于纽约上流社会的富裕人家。他的哥哥威廉·詹姆斯（William James，1842—1910）是美国著名心理学家、教育家和实用主义哲学的创始人，是二十世纪初最具影响力的哲学家和"美国心理学之父"。他的妹妹艾丽斯·詹姆斯（Alice James，1848—1892）是日记作家，以其发表的众多日记而闻名遐迩。

　　由于老亨利·詹姆斯信奉"斯威登堡学说"①，认为传统教育模式不利于个性发展，应当让子女得到世界性教育，亨利·詹姆斯幼年时的教育主要是在父母和家庭教师的指导下进行的，后来又经常跟随父母往返于欧美两地，偶尔就读于奥尔巴尼、伦敦、巴黎、日内瓦、布洛涅、波恩、纽波特、罗德岛等地的学校，并在父亲的带领下面见过狄更斯和萨克雷等英国大作家。詹姆斯自幼便受到欧洲人文思想和文化环境的熏陶，且博闻强识，尤其注重吸收科学和哲学理念，这使他从小就立下了要从事文学创作的远大志向。在一八五五年至一八六〇年举家旅欧期间，他们在法国逗留时间最长，詹姆斯得以迅速掌握了法语。詹姆斯早年说英语时略有口吃，但法语却说得非常流利，从此不再结巴。

　　一八六〇年，他们从欧洲返回美国，居住在纽波特。詹姆斯开始接触法国文学，系统阅读了大量法国文学作品。他尤其喜爱巴尔扎克，称巴尔扎克为"最伟大的文学大师"。巴尔扎克的小

---

① 斯威登堡学说（Swedenborgianism），瑞典科学家和神学家伊曼纽尔·斯威登堡（Emanuel Swedenborg，1688—1772）所倡导的新的宗教思潮，认为每一个人都必须在不断悔过自新的过程中积极地彼此相互合作，从而获得个人生活和精神的升华。

说艺术对他后来的创作影响甚大。一八六一年秋，詹姆斯在一场救火事件中腰部受伤，未能服兵役参加美国南北战争。这次腰伤落下的后遗症在他一生中仍时有发作，使他怀疑自己从此丧失了性功能，因而终身未娶。一八六二年，他考入哈佛大学法学院。但他对法学不感兴趣，一年后便离开了哈佛大学，继续追求他所钟情的文学事业。此时，他与威廉·豪威尔斯（William Dean Howells，1837—1920）、查尔斯·诺顿（Charles Eliot Norton，1827—1908）、安妮·菲尔兹（Annie Adams Fields，1834—1915）等美国文学评论家和作家交往甚密。在他们的鼓励和引导下，詹姆斯于一八六三年开始撰写短篇小说和文学评论，作品大都发表在《大西洋月刊》《北美评论》《国家》《银河》等大型文学刊物上。

他的第一部长篇小说《看护》(*Watch and Ward*) 于一八七一年开始在《大西洋月刊》连载，经过他重新修润后，于一八七八年正式出版。这部小说描写主人公罗杰·劳伦斯如何收养幼女诺拉，将她抚养成人，最后娶她为妻的艳情故事：罗杰是波士顿有闲阶层的富豪，诺拉的父亲兰伯特因生活所迫，曾向他借钱以解燃眉之急，却遭到了他冷漠的拒绝。兰伯特在隔壁房间自杀身亡，罗杰深感懊悔，收养了他的女儿诺拉。诺拉时年十二岁，体质羸弱，模样也很难看。在罗杰的悉心照料下，诺拉很快成长起来。罗杰想把她抚养成人后让她做自己的新娘。岂料，诺拉出落成如花似玉的美少女后，却被另外两个男人疯狂追求：一个是风流成性、心怀叵测的乔治·芬顿，另一个是罗杰的表弟、虚伪的牧师休伯特·劳伦斯。涉世未深的诺拉经历了一系列富有浪漫色彩的冒险之后，终于上当受骗，落入芬顿设下的圈套，在纽约身陷囹圄。罗杰在危急关头挺身而出，挽救了诺拉，两人终成眷属。

《看护》展现了詹姆斯早期朴直率性的写作风格和他对言情小说的喜爱。这部小说的情节看似错综复杂、扑朔迷离，但对诺拉由丑小鸭成长为美天鹅的发展过程写得过于平铺直叙，对卑鄙下流的恶棍芬顿的刻画显然囿于俗套，故事的叙事进程也平淡无奇，甚至不乏隐晦的色情描写，皆大欢喜的结局也缺乏应有的审美张力。詹姆斯一八八三年在选编他的作品选集时，不愿把《看护》收录其中。但小说却把艳若天仙的美少女诺拉刻画得栩栩如生、魅力四射，令人赏心悦目，对纽约社会底层生活场景的描摹也入木三分，显示出作者对社会和伦理问题细致入微的关注。小说的语言也优美流畅、睿智幽默，富有诗情画意，深得读者喜爱。《看护》预示着一位文学大师即将横空出世。

由于发现美国太讲究物质利益，缺乏文化底蕴，不利于艺术创新，詹姆斯于一八六九年离开美国，开始了他人生第一次在海外自我流放的生活。在一八六九年至一八七〇年间的十四个月里，他游历了伦敦、巴黎、罗马等欧洲大都市。一八六九年侨居在伦敦时，他结识了约翰·拉斯金、狄更斯、马修·阿诺德、威廉·莫里斯、乔治·爱略特等英国著名作家和文学评论家，与他们过从甚密。此外，他还与麦克米伦等出版机构建立了长期的合作关系，由出版商先预付稿酬分期连载他的作品，而后再结集成书出版。鉴于这些分期连载的小说主要面向英国中产阶级的女性读者，出版商希望他创作出适合年轻女性阅读口味的作品。尽管必须满足编辑部提出的种种苛求，但他在创作中仍坚持严肃的主题和审美标准。此时的詹姆斯虽然蛰居在伦敦的出租屋里，却有机会接触政界和文化界的名流雅士，常去藏书量丰富的俱乐部与朋友们交谈。在此期间，他结交了亨利·亚当斯（Henry Brooks Adams，1838—1918）、查尔斯·盖斯凯尔（Charles George Milnes Gaskell，1842—1919）等欧美学者和政要。在遍访欧洲各大都市期间，他对罗马尤为喜爱，想在罗马做一名自食其力的自由作家，后来成了《纽约先驱报》驻巴黎的特约记者。由于事业不顺等原因，他于一八七〇年回到纽约市，但不久后又重新返回伦敦。一八七四年至一八七五年间，他发表了《大西洋两岸随笔》（*Transatlantic Sketches*，1875）、《狂热的朝香者和其他故事》（*A Passionate Pilgrim and Other Tales*，1875）、长篇小说《罗德里克·赫德森》（*Roderick Hudson*，1875），以及若干中短篇小说。在这一阶段，他的作品具有美国小说家纳撒尼尔·霍桑的遗响。

《罗德里克·赫德森》写成于詹姆斯侨居罗马的那段日子里。詹姆斯自认为这才是他真正意义上的第一部长篇小说。这是一部心理成长小说（Bildungsroman），描写血气方刚、才华横溢、豪情满怀的美国马萨诸塞州年轻的法学生、雕塑爱好者罗德里克·赫德森如何在意大利迷失在各种情感纠葛、物欲诱惑，以及理性与现实的矛盾和冲突之中，渐渐走向成熟，后又死于非命的故事。小说以罗马为背景，以生动的笔触描写了这座名人荟萃的艺术大都会的社会风貌、文化气息、人情世故和美不胜收的雕塑艺术馆，鞭辟入里地揭示了欧美两地价值观的冲突，探讨了金钱与艺术、爱情和精神追求之间的关系。小说中所塑造的欧洲最美丽的姑娘克里斯蒂娜·莱特，后来又再次成为他的长篇小说《卡萨玛西玛王妃》(*The Princess Casamassima*，1886)中的女主人公。

一八七五年秋，詹姆斯离开伦敦前往巴黎，居住在位于塞纳河左岸的拉丁区。在此期间，他结识了福楼拜、屠格涅夫、莫泊桑、左拉、都德等大作家，与他们结下了深厚的友谊。在巴黎生活了一年之后，他于一八七六年再次返回伦敦。在此后的四十年里，除了偶尔返回美国和出访欧洲外，他大都生活在英国。他勤于思索，对文学艺术已有自己独到的见解，且潜心于笔耕，保持着旺盛的创作势头，写出了长篇小说《美国人》(*The American*，1877)、《欧洲人》(*The Europeans*，1878)，评论集《论法国诗人和小说家》(*French Poets and Novelists*，1878)、《论霍桑》(*Hawthorne*，1879)，以及《国际插曲》(*An International Episode*，1878)等一系列中短篇小说。一八七八年出版的中篇小说《黛西·米勒》(*Daisy Miller*)奠定了他在文学界的崇高声望。这部小说之所以在大西洋两岸引起巨大轰动，主要是因为小说所着力刻画的女主人公的行为举止和个性特征已经大大超出当时欧美两地传统的社会准则和伦理规范。他的第一部重要长篇代表作《一位女士的画像》(*The Portrait of a Lady*，1881)也创作于这一时期。

　　一八七七年，他首次参观了好友盖斯凯尔的家园、英国什罗普郡的文洛克寺。这座始建于公元七世纪的古寺历尽沧桑的雄姿及其周围的广袤原野激发了他的创作灵感，寺内神秘的浪漫气氛和寺院后宁静修远的湖泊，成了他日后所创作的哥特式小说《螺丝在拧紧》(*The Turn of the Screw*，1898)的基本背景和素材。在这一时期，詹姆斯仍遵循法国现实主义小说家，尤其是左拉的创作思想和叙事风格。霍桑对他的影响已日渐减弱，取而代之的是乔治·爱略特和屠格涅夫。他自己的创作思想和艺术风格业已日渐成熟。一八七九年至一八八二年间，詹姆斯相继发表了长篇小说《一位女士的画像》、《华盛顿广场》(*Washington Square*，1880)和《信心》(*Confidence*，1880)，游记《所到各地图景》(*Portraits of Places*，1883)，以及《伦敦围城》(*The Siege of London*，1883)等中短篇小说，这些作品大多为"国际题材"小说。

　　一八八二年至一八八三年间，詹姆斯遭受了数次痛失亲朋好友的打击：他母亲于一八八二年病逝，他父亲也于数月后离世。他们家族的老友和常客、著名思想家和文学家拉尔夫·爱默生也于一八八二年逝世。他的良师益友屠格涅夫于一八八三年与世长辞。

　　一八八四年春，詹姆斯再次离开伦敦前往巴黎，常与左拉、都德等作家在一起切磋交谈，并结识了法国著名自然主义小说家龚古尔兄弟。詹姆斯似乎暂时放下了"美国与欧洲神话"，开始潜心研究法国现实主义和自然主义文学，发表了他的文学评论集《论小说的艺术》(*The Art of Fiction*，1884)。一八八六年，他出版了描写波士顿女权主义运动的长篇小说《波士顿人》(*The Bostonians*)和以伦敦无政府主义者的革命故事为题材的长篇小说《卡萨玛西玛王妃》。这两部社会小说融合了法国自然主义文学的思想倾向和叙事方法，但当时的评论界和图书市场对这两部作品的接受状况并不令人满意。在这一时期，詹姆斯不仅博览群书，而且结交了欧美文坛诸多卓有建树的文学艺术家，不少人成了他的知心好友，如英国小说家兼诗人罗伯特·史蒂文森 (Robert Louis Stevenson，1850—1894)、旅欧美国画家约翰·萨金特 (John Singer Sargent，1856—1925)、旅欧美国女小说家兼诗人康斯坦斯·伍尔森 (Constance Fenimore Woolson，1840—1894)、英国诗人兼文学评论家埃德蒙·高斯 (Sir Edmund Gosse，1849—1928)、法国漫画家兼作家乔治·杜·莫里哀 (George du Maurier，1834—1896)、法国小说家兼文学评论家保罗·布尔热 (Paul Bourget，1852—1935) 等人，并与美国女作家伊迪丝·华顿 (Edith Wharton，1862—1937) 保持着长期的友谊，还发表了文学评论集《一组不完整的画像》(*Partial Portrait*，1888)。

一八八九年冬，詹姆斯开始着手翻译都德的著名三部曲《达拉斯贡的达达兰历险记》(*Les Aventures prodigieuses de Tartarin de Tarascon*，1872) 中的第三部《达拉斯贡港》(*Port Tarascon*)①。这部译著于一八九〇年开始在《哈泼斯》连载，被英国《旁观者

---

① 这部小说主要描写达拉斯贡人被取消宗教团体所激怒，决定到澳大利亚建立一个以达拉斯贡命名的移民区，却遇到了一连串的困难和阻挠。小说中所塑造的主人公达达兰是一个虚荣心很强、爱好吹牛的庸人，是对无能而又好大喜功的法国社会风气的辛辣讽刺。

周刊》誉为"精品译作"，并由桑普森出版公司于一八九一年在伦敦出版。十九世纪八十至九十年代末，詹姆斯曾数次跨过英吉利海峡，在法国、德国、奥地利、瑞士等欧洲国家搜集创作素材。一八八七年，他在意大利居住了很长一段时间。他的著名中篇小说《反射器》(*The Reverberator*，1888)和《阿斯彭文稿》(*The Aspern Papers*，1888)即写成于这一年。

　　除上述作品外，詹姆斯在这一时期发表的主要作品还有：短篇小说集《三城记》(*Tales of Three Cities*，1884)，中篇小说《大师的教诲》(*The Lesson of the Master*，1888)，短篇小说集《伦敦生活及其他故事》(*A London Life and Other Tales*，1889)，长篇小说《悲惨的缪斯》(*The Tragic Muse*，1890)，短篇小说《学生》(*The Pupil*，1891)，短篇小说集《活生生的东西及其他故事》(*The Real Thing and Other Tales*，1893)，短篇小说集《结局》(*Terminations*，1895)，短篇小说《地毯上的图案》(*The Figure in the Carpet*，1896)、《尴尬》(*Embarrassment*，1896)，长篇小说《波英顿的珍藏品》(*The Spoils of Poynton*，1897)、《梅芝知道的东西》(*What Maisie Knew*，1897)等。尽管詹姆斯在这一时期仍遵循以左拉为代表的法国自然主义文学流派的表现手法，但他更关注社会和政治问题，作品的基调和主题思想更接近都德的小说。他的创作在这一时期的突出特点是：中短篇小说较多，而且在多方面、多维度进行实验，他认为这种叙事方法更适合于传达他的艺术观。但这些作品当时并没有得到评论界的好评，销路也不佳。于是，他开始尝试剧本创作。一八九〇年至一八九五年间，他一连写出了《盖伊·多米维尔》(*Guy Domville*)等七个剧本，上演了两部，但都不太成功。这使他从此对剧本写作心灰意冷。然而戏剧实践却为他后来的小说创作提供了戏剧表现手法、场景布设安排以及书写人物对话的技巧。

一八八七年至一九一四年，詹姆斯从伦敦搬迁至英国东南部萨塞克斯郡风景秀丽的海滨小镇莱伊(Rye)，居住在他自己出资购置的古色古香的兰姆别墅①，在这里潜心创作，写出了他构思精巧、极具艺术张力的名篇《螺丝在拧紧》和中篇小说《在笼中》(*In the Cage*，1898)。一八九九年至一九〇一年间，他出版了长篇小说《左右为难的时代》(*The Awkward Age*，1899)、《圣泉》(*The Sacred Fount*，1901)和短篇小说集《软边》(*The Soft Side*，1900)。一九〇二年至一九〇四年间，他连续发表了三部具有开创意义的心理分析小说：《鸽翼》(*The Wings of the Dove*，1902)、《专使》(*The Ambassadors*，1903)和《金钵记》(*The Golden Bowl*，1904)，以及若干中短篇小说，如《丛林猛兽》(*The Beast in the Jungle*，1903)，短篇小说集《更好的一类》(*The Better Sort*，1903)等。

一九〇四年，詹姆斯应邀回到美国，在全美各高校讲授巴尔扎克等法国作家及其作品，并在《北美评论》《哈泼斯》《双周书评》等文学刊物发表了一系列文学评论和杂文。他的《美国景象》(*The American Scene*)于一九〇五年至一九〇六年陆续在

---

① 如今，这座别墅已归英国国家信托基金会管辖，成为英国"作家博物馆"。

《北美评论》等杂志连载了十章，并于一九〇七年结集成书出版。《美国景象》真实记录了他一九〇四年至一九〇五年在美国的观感，严厉抨击了他亲眼所见的处于世纪之交的美国狂热的物质至上主义、世风日下的伦理价值体系和名不副实的社会结构，以及种族和政治等问题，引发了广泛的批评和争议。他在这本书中所论及的美国移民政策、环境保护、经济发展、种族与地区冲突等热点话题，至今仍有可资借鉴的现实意义。一九〇六年至一九一〇年间，他的游记《意大利时光》(*Italian Hours*，1909)、长篇小说《呐喊》(*Outcry*，1910) 以及若干中短篇小说也相继发表在《北美评论》等文学刊物上。此外，他还亲自编辑出版了"纽约版"二十四卷本《亨利·詹姆斯作品选集》。他为书中的几乎每一篇（部）作品都撰写了序言，追溯了每一部小说从酝酿到完成的过程，并对小说的写法进行了严肃的探讨。这些序言既是他的"审美回忆"，也是富有真知灼见的理论阐述。一九一〇年，他哥哥威廉·詹姆斯去世，他回国吊唁，但不久后再次返回英国。由于他在小说创作理论和实践上所取得的突出成就，哈佛大学于一九一一年授予了他荣誉学位，牛津大学于一九一二年授予了他荣誉文学博士称号。自一九一三年开始，他撰写了三部自传：《童年及其他》(*A Small Boy and Others*，1913)、《作为儿子和兄弟的札记》(*Notes of a Son and Brother*，1914) 和《中年岁月》(*The Middle Years*，1917) [1]。

---

[1] 这部未完成自传与亨利·詹姆斯发表于 1893 年的短篇小说《中年岁月》同名，在他去世一年后出版。

一九一四年第一次世界大战爆发后，詹姆斯做了大量宣传鼓动工作支持这场战争。由于不满美国政府的中立态度，他于一九一五年愤然加入了英国国籍。一九一六年，英王乔治五世亲自授予他功绩勋章。由于过度劳累，健康每况愈下，数月后突发中风，后来又感染了肺炎，詹姆斯于一九一六年二月二十八日在伦敦切尔西区溘然长逝，享年七十三岁。按照他的遗嘱，他的骨灰被安葬在美国马萨诸塞州的剑桥公墓，墓碑上铭刻着"亨利·詹姆斯：小说家、英美两国公民、大西洋两岸整整一代人的诠释者"。一九七六年，英国政府在伦敦威斯敏斯特教堂的"诗人墓园"为他设立了一块纪念碑，以缅怀他的丰功伟绩。

三 屹立在欧美文学之巅的经典小说家

詹姆斯辛勤耕耘五十余载，发表了二十二部长篇小说、一百一十二篇中短篇小说、十二个剧本，以及多篇（部）文学评论和游记等作品。他的小说大多先行刊载在欧美重要文学刊物上，经他亲自修润后，再正式结集成书。他精通小说艺术，笔调幽默风趣，人物塑造独具匠心，心理描写精微细腻，作品中蕴含着深厚的历史理性和人文情怀，是欧美现代文学史上最伟大的小说家之一。我们精心选取翻译的这六部长篇小说、四部中篇小说和两辑短篇小说，是詹姆斯在他漫长、多产的文学生涯中不同时期所创作的最具代表性的优秀作品，希望我国读者对这位多才多艺的文学巨匠有更深入、更全面的认识和了解。

（一）长篇小说

《美国人》是詹姆斯第一部成功反映"国际题材"的长篇小说，描写英俊潇洒、襟怀坦荡、不善交际的美国富豪克里斯托弗·纽曼平生第一次游历巴黎时亲身经历的种种奇遇和变故。小说以纽曼对出身高贵、年轻漂亮的寡妇克莱尔·德·辛特雷夫人由一见钟情到热烈追求，到勉强订婚，直至幻想破灭、孑然一身返回美国的过程为主线，深刻揭示了封闭保守、尔虞我诈、人心险恶的欧洲与朝气蓬勃、乐观向上、勇于开拓创新的美国之间的差异和冲突。纽曼在亲眼见证了欧洲文明灿烂美好的一面和阴暗丑陋的一面之后，终于明白，欧洲并不是他所期望的理想之地。

《美国人》是一部融合了喜剧和言情剧元素的现实主义小说。作者以优美鲜活的笔调和起伏跌宕的情节将巴黎的生活图景和世相百态淋漓尽致地展露在读者眼前。故事虽然以恋爱和婚姻为主线，但作者并没有刻意渲染两情相悦的性爱这一主题。纽曼看中克莱尔，只是因为她端庄贤淑，非常适合做他这样事业有成的富豪的配偶。至于克莱尔与她第一任丈夫（比她年长很多）之间究竟发生过什么，读者并不知情，作者也未过多描写她对纽曼的恋情。小说中唯有见钱眼开的诺埃米小姐是性感迷人的女性，但作者对她的描写也较含蓄，且多为负面。即使按维多利亚时代的伦理准则来看，詹姆斯在性爱问题上如此矜持的态度也令人困惑不解。美国公共电视网一九九八年再次将《美国人》改编拍摄为电视剧时，在剧情中添加了纽曼与诺埃米、瓦伦汀与诺埃米的性爱场面。

詹姆斯创作这部小说的初衷原本是为了回应法国剧作家小仲马的《外乡人》①，旨在告诉读者：美国人虽然天真无知，但在道德情操方面远高于阴险奸诈的欧洲人。小说中所塑造的主人公纽曼是一位充满自信、勇于担当、三十岁出头的美国人，他的诚实品格和乐观精神代表着充满活力、蓬勃向上的美国形象，因而深受历代美国读者的青睐。纽曼与克莱尔的弟弟瓦伦汀·德·贝乐嘉之间的友谊描写得尤为真挚感人，作者对巴黎上流社会生活方式的描摹也栩栩如生，令人回味无穷。在当今语境下读来，《美国人》依然散发着清新的艺术魅力，比詹姆斯的后期作品更易接受。

《一位女士的画像》是詹姆斯早期创作中最具代表意义的经典之作，描写年轻漂亮、活泼开朗、充满幻想的美国姑娘伊莎贝尔如何面对一系列人生和命运的抉择，最终受骗上当，沦为老谋深算的奸宄之徒的牺牲品的悲情罗曼史。伊莎贝尔在父亲亡故后，被姨妈接到了伦敦，并继承了一大笔遗产。她先后拒绝了美国富豪卡斯帕·古德伍德和英国勋爵沃伯顿的求婚，却偏偏看中了侨居意大利的美国"艺术鉴赏家"吉尔伯特·奥斯蒙德，不顾亲友的告诫和反对，一意孤行地嫁给了他。但婚后不久，她便发现，丈夫竟然是个自私、贪财、好色、心胸狭窄的猥琐小人，"就像花丛中隐藏起来的毒蛇"，奥斯蒙德与她结婚只是为了得到她所继承的七万英镑的遗产。她继而又发现，他们这桩婚姻的牵

---

① 小仲马剧作《外乡人》（L'Étrangère，1876）中所展现的美国人大多为缺少教养、粗野无礼、声名狼藉的莽汉。

线人梅尔夫人原来是奥斯蒙德的情妇，还生了一个女儿（潘茜），而且梅尔夫人和奥斯蒙德正在密谋策划利用伊莎贝尔把潘茜嫁给沃伯顿。伊莎贝尔阻止了他们的阴谋。她本可逃出陷阱，因为沃伯顿和古德伍德仍深爱着她，但她还是强忍内心的痛苦，对外人隐瞒了自己不幸的婚姻，毅然返回了罗马。

《一位女士的画像》展现的依然是詹姆斯历来所关注的欧美两地的文化差异和冲突，并深刻探究了自由、责任、爱恋、背叛等伦理问题。天真无邪、向往自由和高雅生活的伊莎贝尔尽管继承了一大笔遗产，却没能躲过工于心计的奥斯蒙德和梅尔夫人设下的圈套，最终失去了自由，"被碾碎在世俗的机器里"①。故事的结尾尤为引人深思：伊莎贝尔在得知真相后仍毅然返回罗马的举动，究竟是为了信守婚姻的诺言而做出的高尚的自我牺牲，还是为了兑现她对潘茜所作的承诺，要拯救她所疼爱的这个继女脱离苦海，然后再与奥斯蒙德离婚？这个悬念给读者留下了无限的思索空间。

在这部小说中，詹姆斯将心理分析推向了新的高度。他将大量笔墨倾注在人物的内心世界，着重描写人物的理想、愿望、思绪、动机、欲望和冲动，人物的行为则是这些思想和意识活动的结果和外化，人与人之间的关系和故事情节的发展变化也是通过这一中心人物的思维活动表现出来的。读者只有在伊莎贝尔彻底认清她丈夫的本质后，才对奥斯蒙德和梅尔夫人的真实面目有了

---

① 董衡巽：《美国文学简史》，北京：人民文学出版社，2003 年，第 141 页。

全面的了解，而伊莎贝尔也在层层递进的内省和反思中获得了对周围世界的感知，在心理和性格上逐渐走向了成熟。詹姆斯对人物内心世界的探索（尤其在第四十二章中）采用的是理性的内心独白，既没有突兀的变化，也没有时空倒错，不同于后来的意识流写法。此外，他善用精湛的比喻来描绘人物的心理，这些比喻十分贴切，具有艺术形象的完整性，而且与故事情节密切联系，优美流畅的语言和对欧洲风情的生动描写也使经受过詹姆斯冗长文体考验的读者格外喜爱这部小说。如果说詹姆斯是心理现实主义小说的创始人，那么《一位女士的画像》则是心理现实主义小说的典范。

《华盛顿广场》主要讲述的是憨厚、温柔的女儿凯瑟琳与她那才气横溢、感情冷漠的父亲斯洛珀医生之间的分歧和冲突。小说以第三人称全知叙事视角审视了凯瑟琳的一生。凯瑟琳是一个相貌平平、才智一般、纯洁可爱的姑娘，始终生活在与她最亲近的人的利己之心的团团包围之中：她的恋人莫里斯·汤森德只觊觎她的万贯家财；她的姑妈只会爱管闲事地乱点鸳鸯谱；她的守护神父亲则用讽刺挖苦和神机妙算来回报女儿对他的热爱和钦佩之情。故事以凯瑟琳出人意表地断然将莫里斯拒之门外而告终。

《华盛顿广场》是一部结构紧凑的悲喜剧。故事最辛辣的讽刺是英明干练、功成名就的斯洛珀医生对莫里斯的准确评判，以及他为保护涉世未深的爱女而阻挠这桩婚事所采取的严厉措施。倘若斯洛珀看不透莫里斯是个游手好闲的恶棍，他骗财骗色的行为未免会落于俗套。斯洛珀虽然头脑敏锐，智略非凡，但自从他那美丽聪慧的妻子去世后，他就变成了一个冷漠无情、清心寡欲的人。凯瑟琳终于渐渐成熟起来，能实事求是地看待自己的处境：从她自己的角度来看，在她的人生经历中，重要的事实是莫里斯·汤森德玩弄了她的爱情，还有她的父亲隔断了她爱情的源泉。没有什么能够改变这些事实，它们永远都在那儿，就像她的姓名、年龄和平淡无奇的容貌一样。没有什么能够消除错误或者治愈莫里斯给她造成的创伤，也没有什么能够使她重新找回年轻时代对父亲怀有的情感。她虽不及父亲那样出色，但她学会了擦亮眼睛看世界。

《华盛顿广场》张弛有度的叙事技巧、晓畅优雅的语言风格、对四个主要人物形象鲜明的刻画，历来深受读者喜爱，甚至连围绕着"遗嘱"而展开的老套、简单的故事情节都益然有趣，耐人寻味。凯瑟琳由百依百顺成长为具有独立精神和智慧的女性的过程，是这部小说的一大亮点，赢得了评论家和读者的普遍赞誉。尽管詹姆斯自己对这部小说不太满意，没有将它编入"纽约版"《选集》，但它一直是詹姆斯最脍炙人口的佳作之一，曾多次被改编拍摄成舞台剧、电影和电视剧。

《鸽翼》描写的是一场畸形的三角恋爱。女主人公米莉·西雅尔是一位清纯美丽的美国姑娘，是庞大家族巨额财产的唯一继承人，因身患不治之症来欧洲求医和散心。英国记者默顿·丹什和凯特·克罗伊是一对郎才女貌、倾心相爱的英国情侣。因苦于没钱而不能成婚，凯特竟策划并唆使默顿去追求米莉，以图在她死后继承遗产。米莉在得知他们的阴谋后在意大利凄凉去世，但她在临终前还是原谅了他们，把全部财产给了默顿。事实上，默顿在米莉高尚品质的感化下已逐渐悔悟，虽然继承了米莉的遗产，却无法再与凯特共同生活下去。这部扣人心弦的小说揭示了人在面对爱情与金钱、真诚与背叛、生与死等伦理问题时所经受的严峻考验和他们最后的抉择。

《鸽翼》是詹姆斯后期作品中最受欢迎的经典之一。小说通过对人的内心世界深入细致的剖析，尤其是米莉对围绕在她身边的各色人物所具有的感化力，将男女主人公塑造得活灵活现、真实可感，令人不得不紧张地关注他们各自的命运和归属。米莉丰富细腻的心理活动，很像多愁善感的林黛玉，米莉客死他乡的场景与林黛玉魂归离恨天的情景也颇为相像，凯特也颇似工于心计的薛宝钗。据说连素来不太喜欢詹姆斯作品的英国名作家弗吉尼亚·伍尔夫也对这部小说十分青睐，一口气读完了《鸽翼》，并因此大病一场①。美国"现代文库"于一九九八年将《鸽翼》列为"二十世纪百部最佳英语小说"第二十六位。

《金钵记》是詹姆斯后期作品中最受评论界关注的"三部曲"之一。小说以伦敦为背景，描写一对美国父女与他们各自的欧洲配偶之间错乱的人伦关系，全面透彻地审视了婚姻、通奸等伦理问题。故事中这位腰缠万贯、中年丧偶的美国金融家和艺术品收藏家亚当·魏维尔和他的独生女玛吉都具有十分高尚的道德情操，而且心地纯洁，处事谨慎。他们在欧洲分别结婚后，却发现

---

① 刘海平、王守仁：《新编美国文学史》（第二卷），上海：上海外语教育出版社，2002年，第84页。

继母夏洛特和女婿阿梅里戈（破落的意大利王子）之间早就存在不正常的关系。父女两人不露痕迹地解决了这个矛盾：亚当把妻子带回美国；阿梅里戈发现自己的妻子具有这么多的美德，从此对她相敬如宾。小说高度戏剧化地再现了婚姻生活中令人难以承受的各种重压和冲突，颂扬了这对父女在自我牺牲中所表现出的哀婉动人的单纯和忠诚。

　　《金钵记》的篇名取自《圣经·旧约全书·传道书》第十二章：银链折断，**金罐**破裂，瓶子在泉水旁损坏，水轮在井口破烂，尘土仍归于地，灵仍归于赐灵的上帝。传道者说，虚空的虚空，凡事都是虚空。① 从广义上说，《金钵记》是一部教育小说：玛吉由幼稚纯真的少女逐渐成长为精明强干的女性，并以巧妙的手段解决了一场随时有可能爆发的婚姻危机，因为她已清醒地认识到自己不能再依赖父亲，而应承担起成年人应尽的职责；阿梅里戈虽然是一个见风使舵、道德败坏的欧洲破落贵族，但他由于玛吉忍辱负重地及时挽救了他们的婚姻而对妻子敬重有加；亚当尽管蒙在鼓里，但他对女儿的计策心领神会，表现得非常明智；夏洛特原为玛吉的闺蜜，是一个美丽迷人、自作聪明的女性，但她最终却不再泰然自若，反而变得利令智昏。詹姆斯对这四个人物特色鲜明的刻画，尤其对玛吉和阿梅里戈意识活动深刻、精湛的描述和分析，赋予了这部小说以强烈的艺术感染力和对幽闭恐怖症的特殊感受。故事中的许多场景和人物对话均显示出詹姆斯

---

① 《圣经·旧约全书·传道书》第 12 章第 6—8 节。

最成熟的叙事艺术，能给读者带来情感冲击力和美学享受。美国"现代文库"于一九九八年将《金钵记》列为"二十世纪百部最佳英语小说"第三十二位。

《专使》是一部颇有黑色幽默意味的喜剧，是詹姆斯后期重要代表作之一，描写主人公兰伯特·斯特雷特奉其未婚妻纽瑟姆夫人之命，前往巴黎去规劝她"误入歧途"的儿子查德回美国继承家业的过程。斯特雷特来到欧洲，完全被"旧世界"的文化魅力所打动，继而发现查德与其情人玛丽亚的交往并不像他母亲所说的那样有伤风化，查德在这位法国女人的影响下，已由粗鲁的少年成长为举止儒雅、文质彬彬的青年。这位"专使"非但没有劝说查德回国，反而谆谆嘱咐他"不要错过机会"，继续在法国"尽情地生活下去"。这与斯特雷特所肩负的使命和查德母亲的愿望恰恰相反，于是，她又增派了几个专使来到巴黎，其中一个是能够吸引查德的美少女，第二批专使似乎能完成这一使命。最后，斯特雷特只身返回了美国。

如果说《鸽翼》和《金钵记》颂扬的是美国人的单纯、真诚和慷慨大度，表现了美国人的道德情操远胜于欧洲人的世故奸诈，那么《专使》的主题则相反，表现的是具有深厚文化素养的欧洲人远胜于庸俗、急功近利、物质利益至上的美国人。詹姆斯在"纽约版"前言中称《专使》是他"从各方面讲都最完美的作品"，这不仅就主题思想而言。这部小说始终贯彻了詹姆斯著名的"视角"（Point of View）论，以斯特雷特的"视角"展开，以这位"专使"为"意识中心"，其他人物的性格特征和故事的发展进程都通过他的视野呈现出来，作者则隐身在幕后，读者的了解和感悟跟随着这个中心人物的了解和感悟。这种写法突破了传统小说的"全知叙事视角"，对二十世纪的小说创作产生了很大影响。《专使》也突出表现了詹姆斯的文体特色：句子结构形式多样，比喻和象征俯拾皆是，人物的对话富有戏剧意味，但詹姆斯在力求精细、准确地反映内心深处的思想感情的同时，文句也越写越冗长，附属的从句和插入的片语芜杂曲折，读者须细细品味，方可厘清来龙去脉，揣摩出蕴藏在字里行间的悬念和韵味。《专使》自出版以来，一直深受评论家的广泛关注。美国"现代文库"于一九九八年将这部小说列为"二十世纪百部最佳英语小说"第二十七位。

（二）中篇小说

《黛西·米勒》是詹姆斯的成名作，描写清纯漂亮、活泼可爱的美国姑娘黛西·米勒在欧洲游历、最终客死他乡的遭遇。黛西天真烂漫、热情开朗，然而她不拘礼节、落落大方地出入于社交场合和与男性交往的方式，却为欧洲上流社会和长期侨居欧洲的美国人所不能接受，认为她"艳俗""轻浮"，"天生是个俗物"。但故事的叙述者、爱慕黛西并准备向她求婚的旅欧美国青年温特伯恩却对"公众舆论"不以为然。黛西死后，温特伯恩参加了她的葬礼，并了解到黛西虽然与"不三不四"的意大利人来往，但她本质上是一个纯洁无瑕、心地善良的好姑娘。小说真实展现了欧洲风尚与美国习俗之间的矛盾冲突，鞭辟入里地揭露了任何传统文化中都司空见惯的种种偏见，并力图对所谓的品德教养做出公正的评判。

《黛西·米勒》既可视为对一个怀春少女的心理描写，又可视为对社会传统观念的深入分析，不谙世故的黛西其实就是"社会舆论"的牺牲品。小说将美国人的天真烂漫与欧洲人的老于世故进行了对比，以严肃的笔调审视了欧美两地的社会习俗。小说优美流畅的语言代表着詹姆斯早期的文体特色，男女主人公的名字也具有象征意义：黛西（Daisy）原意为"雏菊"，象征"漂亮姑娘"，故事中的黛西也宛如迎风绽放的鲜花，无拘无束，洋溢着青春的气息，而温特伯恩（Winterbourne）的原意是"间歇河，冬季多雨时节才有水流而夏季干涸的小溪"。鲜花到了冬季便香消陨灭，黛西后来果然在温特伯恩与焦瓦内利正面交锋之后不久在罗马死于恶性疟疾。詹姆斯虽然一生未婚，却很擅长写女性，对女主人公的形象和心理的描写非常娴熟。这部小说一出版便赢得了空前广泛的赞誉，成为后来各类小说选集的首选作品之一，并多次被改编拍摄为电影、广播剧、电视剧和音乐剧。

《伦敦围城》描写一位向往欧洲文明的美国佳丽试图通过婚姻跻身于英国上流社会的坎坷经历。故事的女主角南希·黑德韦是个野心勃勃、意志坚定、行事果敢的女子，尽管有过多次结婚、离婚的辛酸史，但她依然风姿绰约，性感迷人，是"得克萨斯州的大美人"。她竭力掩盖自己不堪回首的往事，施展各种手段向英国贵族阶层发起了一次次进攻，终于俘获了涉世未深的英国贵族青年亚瑟·德梅斯内的爱情。德梅斯内的母亲始终怀疑这个未来的儿媳是个"不正经的女人"，千方百计地想查清她的身世和来历。然而知道内幕的人只有南希的美国朋友利特尔莫尔，但他对此讳莫如深，没有泄露她不光彩的隐私。南希向来对人生的各种机缘持非常现实的态度，而且一旦认准目标就勇往直前。她深知亚瑟是她跻身欧洲上流社会的最后机会，便处心积虑地实施着她的既定计划。亚瑟终于正式与她订婚，两人即将走向婚姻的殿堂。

《伦敦围城》是詹姆斯早期作品中优秀的中篇小说之一。作者以幽默的笔调讽刺了英国上流社会的生活方式和浮华之风，展现了思想开放的美国人与封建保守的英国人之间的道德和文化冲突。故事画龙点睛的一大看点是：尽管利特尔莫尔自始至终都在维护南希的名声，对她的罗曼史一直守口如瓶，但他最终还是出人意料地向德梅斯内夫人透露了实情。他这样做只是想给傲慢、势利的英国贵族阶层一记具有爱国情怀的沉重打击，但他并没有明说，也非心怀歹意，他只是告诉德梅斯内夫人，即使她知道了真相，也于事无补。

《在笼中》是一篇构思奇崛的中篇小说，故事的女主人公是一个不具姓名的英国姑娘，在伦敦闹市区的一家邮政分局担任报务员。她的工作地点虽为"囚笼"般的发报室，但她常常可以从顾客交给她发报的措辞隐晦的电文中破译出他们不可告人的隐私，窥看到上流社会各种鲜为人知的风流韵事。久而久之，这位聪慧机敏、感情细腻、记忆力超强、想象力丰富的报务员终于发现了一些她本不该知道的秘密，并身不由己地"卷入"了别人的爱情风波。她最终同意嫁给她那个出身于平民阶层的未婚夫马奇先生，是她对自己亲身体验过的那些非同寻常的事件深刻反省的结果。

《在笼中》所塑造的这位女主人公堪称詹姆斯式的艺术家的翻版：她能从顾客简短含蓄的电文里捕捉到常人难以察觉的蛛丝马迹，从中推断出他们私生活的具体细节，并以此为线索，勾勒出一个个错综复杂、内容完整的故事，这与詹姆斯常根据他从现实生活中捕捉到的最幽微的启发和联想创作出鲜活有趣的小说的本领颇为相似。这篇故事的主题并不在表现阶级冲突，而在于女主人公终于认识到，上流社会的青年男女也都是活生生的人，并不像她在廉价小说中所看到的那么美好。作者通过对这位不具姓名的服务员细致入微、真实可感的描绘，准确传神地再现了一个劳动阶层女性的形象，并对她寄予了深厚的同情，赢得了读者和评论家们的普遍赞誉。《在笼中》的叙述手法与《螺丝在拧紧》有异曲同工之妙，但对女主人公的塑造更立足于现实生活。

《**螺丝在拧紧**》是一篇悬念迭起、令人毛骨悚然的哥特式小说。故事的主体是一个不知姓名的年轻家庭女教师生前遗留的手稿，由一个不具姓名的叙述者听朋友讲述这份手稿引入正题。这位家庭女教师在其手稿中记述了自己如何在一幢鬼影幢幢的乡村庄园与一对恶鬼周旋的恐怖经历。她受聘来到碧庐庄园照料迈尔斯和芙洛拉这两个小学童，却看到两个幽灵时常出没于这幢充满神秘气氛的古庄园。她怀疑这对幽灵就是奸情败露、已经死去的男仆昆特和前任家庭女教师杰塞尔的亡魂，意在腐蚀、毒害这两个天真无邪的孩童。随着怀疑的加深，她继而又发现两个幼童似乎与这对恶鬼有相互串通的迹象，她自己也撞见过这两个恶鬼，这使她越发相信，事情已经到了危急关头。但女童芙洛拉却矢口否认见过女鬼杰塞尔，而且显然已精神失常，只好被送往她在伦敦的叔叔家去。家庭女教师为了护佑男童迈尔斯在与男鬼昆特交锋时，却发现这孩子已经死在了她的怀里。

《螺丝在拧紧》是詹姆斯最著名的一部哥特式小说或志怪故事。在这部小说中，詹姆斯再次对他笔下女主人公的心理和意识活动进行了深入细腻的探究，家庭女教师所看到的鬼魂其实是她在意乱情迷之中所产生的一系列幻象，并试图把这些幻觉强加给她周围的人。詹姆斯素来对志怪小说情有独钟，但他并不喜欢传统文学作品中囿于俗套的鬼怪形象。他描写的鬼魂往往是对日常现实生活中奇异诡谲的现象的延伸，具有强大的艺术张力，能够使读者有身临其境之感，甚至能左右读者的心灵。在叙事手法上，詹姆斯突破传统写法，采用了一个"不可靠叙事者"，拉近了作者、作品和读者三者之间的距离，书中所留有的许多空白可让读者根据其自身的人生经历和阅读体验去填补，因而故事可以有不同的解释。这也是这部小说自出版以来一直备受各派评论家争议的原因之一。

（三）短篇小说

詹姆斯认为中短篇小说是一种"无比优美"的文学样式。能否把多元繁博的创作思想和内容纳入这种少而精的叙事类型，简约凝练地再现出人类千姿百态的生活场面和深藏若虚而又波澜壮阔的内心世界，无疑是对作家诗学功力的一种考量或挑战。詹姆斯在他漫长的文学生涯中一直都在孜孜以求地探索中短篇小说的写作技艺，他的艺术造诣和所取得的成就几乎达到了前无古人的高度，并对后来的作家产生了深远的影响。此外，他的中短篇小说往往也是对他的长篇小说的印证或补充，大都先行发表在欧美大型纯文学刊物上，再经他反复修润、编辑后，才汇集成册出版。

我们选译的这十八篇短篇小说均为詹姆斯在不同时期所创作的具有代表性的名篇佳作。就故事性而言，这些短篇小说有的以情节取胜，有的则以描写人物的心理和意识活动见长；在主题思想上，这些篇目有的歌颂圣洁的爱情和人性的美德，有的描写美国人与欧洲人在文化修养和价值取向上的巨大差异，有的讽刺和批判欧洲上流社会的世俗偏见和势利奸诈；有的揭示成人世界的罪恶对纯真烂漫的儿童产生的不良影响或摧残，有的反映作家或艺术家的孤独以及他们执着追求艺术真理的献身精神，有的刻画受过高等教育而富有情操的主人公在左右为难的困境中表现出的虚弱和无能为力，有的描写理想与现实、物质与精神之间难能取舍的困惑；在艺术表现手法上，这些作品有的洗练明快、雅驯幽默，有的笔锋犀利或刚柔并济，有的则细腻含蓄、用典玄奥、繁芜复杂，甚而有偏离语言规范之嫌。这些短篇小说与他的长篇小说交相辉映，体现了詹姆斯的创作题材和叙事风格的多样性、实验性和现代性，表现了他对社会生活和时代特征的整体性透视与评价，每一个具体场景的展现都确切灵动地反映了他对人的本性和生存环境的洞察力和他所寄予的关怀，能使读者获得启迪和美的享受。

四 亨利·詹姆斯批评接受史简述

毫无疑问，亨利·詹姆斯是欧美现代作家群体中写作生涯最长、著述最丰厚也最具影响力的一位文学巨匠。但长期以来，他的作品及其影响主要在受过良好教育、趣味高雅的读者和评论家范围内，不如马克·吐温那样雅俗共赏。学术界对他也各执其说，莫衷一是。

詹姆斯去世后，美国有些左翼批评家对他的创作活动颇有诟病，尤其不赞成他晚期作品中的思想倾向，认为他的小说是美国垄断资产阶级的精神产物，他的创作素材主要取自他所熟悉的上层社会，他的作品大多描写的是新兴的美国富豪及其子女在欧洲受熏陶的过程。美国传记作家兼文学批评家布鲁克斯在赞许詹姆斯的艺术成就的同时，也对他长期侨居欧洲、最终加入英国国籍的做法大为不满，认为他的后期作品佶屈聱牙、左支右绌，是由于他长期脱离美国本土所致 [1]。但美国文学评论家豪威尔斯则认为詹姆斯是"新现实主义文学流派的杰出代表……他在小说艺术上与狄更斯和萨克雷为代表的英国浪漫传统分道扬镳，创立了

---

[1] Van Wyck Brooks: *The Pilgrimage of Henry James*, New York: E.P.Dutton & Company, 1925, p.vii.

他自己独具一格的样式"①。英国文学批评家利维斯极为赞赏詹姆斯的《一位女士的画像》和《波士顿人》，并称赞他是"举世公认、成就卓著的小说家"②。詹姆斯独特的语言风格，尤其是他后期繁缛隐晦、欲说还休的叙事话语，历来是评论家们众说纷纭的话题。例如，英国小说家 E.M. 福斯特就极不赞成詹姆斯在作品中对性爱和其他颇有争议的问题过于谨慎的处理方法，对他后期过分倚重长句和大量使用拉丁语派生词的做法也不以为然③。王尔德、伍尔夫、哈代、H.G. 威尔斯、毛姆等英国作家也都批评过他空泛而又细腻的心理描写和艰涩难懂的文风，甚至连他的红颜知己伊迪丝·华顿也认为他的作品中有不少片段令人不堪卒读④，但斯泰因、庞德、海明威、菲茨杰拉德等美国作家却对他称赞有加。美国文学评论家埃德蒙·威尔逊认为："倘若我们撇开题材和体裁的迥然不同，把詹姆斯同十七世纪的戏剧家们相比，我们就能更好地欣赏他的作品，他的文学观和表现形式与拉辛、莫里哀，甚至莎士比亚是相通的。"⑤英国小说家康拉德则盛赞他是"描写优美、富有良知的史学家"⑥。

英国当代著名语言学家利奇和肖特以詹姆斯的短篇小说《学

---

① Paul Lauter: *A Companion to American Literature and Culture*，MA: Wiley-Blackwell, 2010, p.364.
② Frank Raymond Leavis: *The Great Tradition*，New York: New York University Press, 1969, p.155.
③ E.M.Forster: *Aspects of the Novel*，London: Penguin Books, 1980, pp.153—163.
④ Edith Wharton: *The Writing of Fiction*，New York: Scribner's, 1998, pp.90—91.
⑤ Lewis Dabney, ed. *The Portable Edmund Wilson*，London: Penguin Books, 1983, pp.128—129.
⑥ 《中国大百科全书·外国文学》第二卷，北京: 中国大百科全书出版社, 1982 年，第 1241 页。

生》为例，深入讨论了他的作品的思想性和文体艺术特色，发现
"詹姆斯更关注人的生存价值和相互关系……似乎更愿意使用非
常正式、从拉丁语派生出来的语汇……詹姆斯的句法是奇特的，
同时也是有意义的，需要联系作者对心理现实主义的关注加以评
估。作者试图捕捉'丰富、复杂的心理时刻及其伴随条件'……
詹姆斯对不定式从句的使用尤其引人瞩目……由于不定式从句的
所指往往不是事实，所以詹姆斯更多地用来编制心绪之网的，并
不是已知的事实，而是可能性和假设"①。他们对詹姆斯文体风格
的精湛分析同样也适用于评析他的其他作品。

　　事实上，自美国"第二次文艺复兴"，尤其是"新批评"流
派出现后，评论界已开始重新认识詹姆斯，给予了他很高的评
价，尊奉他为"作家中的作家"，是心理现实主义小说大师，是
过渡到现代主义文学的一座桥梁。就思想性而言，詹姆斯在创作
中的价值取向始终是颂扬人的善良与宽容，始终把优美而淳厚的
道德品质和自由精神置于物质利益甚至文化教养之上。从艺术创
作角度说，他一反当时盛行的粉饰和美化生活的浪漫小说，把人
性的优劣和善恶作为对比，探索人的心理活动的复杂性。他的作
品反映了具有深厚文化教养的知识分子的人文主义倾向，而不是
人们所熟悉的对劳苦大众的人道主义同情。他的语言风格与他所
要表现的内容、与他本人的思想境界和审美取向也是一致的，他

① Geoffrey N.Leech and Michael H.Short.《小说文体论：英语小说的语言学入门》(*Style in Fiction：A Linguistic Introduction to English Fictional Prose*)，北京：外语教学与研究出版社，2001年，第97—111页。

力求以这种方式精微、准确、恰如其分地揭示和反映人的心灵深处最真实的思想和情感。如今，人们对这位文学大师的研究兴趣仍在与日俱增。

五　继往开来的一代宗师

亨利·詹姆斯的创作上承欧美现实主义、自然主义和超验主义，下启欧美现代主义，是现代文学史上继往开来的一代宗师。他不仅精通小说艺术，而且致力于小说艺术的革新。他创造性地拓展了传统小说的表现形式，使小说叙事实现了由"物理境"（Physical Situation）向"心理场"（Psychological Field）的转入，成功开辟了小说创作的新天地，同时也在现代小说的叙事方法和语言风格上烙上了他独特的印记。他破解了旅欧美国人的神话，并以工细的笔触将这种神话具象化地再现在他众多的"国际小说"中。他通过对人的内心世界和意识活动的深湛分析和描摹，为读者创造了一个心理现实与客观现实交互映射的艺术世界。

詹姆斯不仅是一位卓越的小说家和语言艺术家，也是一位富有真知灼见的文学批评家。他强调文学创作要坚持真善美的统一。他主张作家在表现他们对历史和现实的看法时应当享有最大限度的自由。他认为小说文本首先必须贴近现实，真实再现读者能够心领神会的生活内容。在他看来，优秀的小说不仅应当展现（而不是讲述）动态的社会风貌和生活场景，更重要的是，应当鲜活有趣、引人入胜，能使读者获得具有美学意义的阅读快感。

他倡导作家应当运用艺术化的语言去挖掘人的心理和道德本性中最深层的东西。他认为一部作品的优劣与否，完全取决于作者的优劣与否。他在《论小说的艺术》等一系列专论中提出的很多富有创造性的观点丰富和发展了欧美文学创作和文学批评，具有重要的理论意义和深远影响。他率先提出并运用在自己的创作实践中的"意识中心"论、"叙事视角"、"全知视角"、"不可靠叙事者"等文学批评术语，已成为当代叙事学的组成部分。我们在当今文化语境下重读詹姆斯的作品，更能深切体味到这位文学大师的创作观、人文情怀、审美取向、伦理精神，以及他独特的语言艺术的魅力，并能从中参悟人生，鉴往知来。

2019 年 2 月 15 日

翻译底本说明

中篇小说《在笼中》首次发表时即是以单行本面貌出现，由英国出版商达克沃斯公司（Duckworth & Co.）于一八九八年八月在伦敦出版，同年九月，美国赫伯特·S. 斯通出版公司（Herbert S. Stone & Co.）在纽约出版了本书的美国版。由于亨利·詹姆斯在这一时期长居伦敦，得以亲自指导和监督了当时其大部分作品英国版的编辑、出版过程，因而较之美国版，其作品的英国版往往更能如实反映詹姆斯的最新修订，因此"美国文库"版亨利·詹姆斯全集在收录本小说时采用了一八九八年英国版版本。本译本系从"美国文库"版译出。

第一章

她早就知道做她这一行——一个年轻人终日待在由栅栏和电线围成的狭小空间，如豚鼠或喜鹊一般——会让她认识很多人，然而他们却不认识她。这让她在看到自己认识的人进来时会相当兴奋（尽管这比较少见，大多数情况下她都挺压抑的），如她所说，他们能给她那卑微的职责增加一点东西。她的职责就是跟另外两个年轻男子——另一位电报员和一位柜台业务员——一起坐在那儿，留意收发间那总是在工作的"收发机"，发放邮票和汇单，给信件称重，回答一些愚蠢的问题，找一些难找的零钱。但是，她做得最多的一项工作是数电报上的字，这些电报从早到晚通过高高的格子框架的开口处被扔到笨重的架子上，里面的字像海里的沙子一样数也数不尽，她的小臂也由于与架子过分摩擦而疼痛。一块透明的隔板被用来根据狭窄的柜台边的顾客人数而为他们放行或暂时阻止他们进入。在冬天，商店最昏暗的角落里弥漫着阵阵难闻的气体，一年四季在这里总能看到火腿、奶酪、鱼干、肥皂、清漆、石蜡，以及其他固体和液体的东西，这些东西她仅凭气味就能准确判断是什么，而不必去查看它们的名字。

人们仅仅用很不牢固的木头铁丝结构，就可以把这间小小的邮政电报办公室和杂货店分隔开，但是社会地位和职业不同所造成的距离却是一道鸿沟，多亏了一个非同寻常的运气，她才得以

不用费尽心思地去跨越它。当库克店的年轻人从另一个柜台后面
出来，走近她来兑换一张五英镑的纸币时（库克店的地位是如此
独一无二，因为上流社会人名录中的名人及其居住的装修昂贵的
公寓如辛普森公寓、雷德乐公寓及斯拉普公寓都遍布其周围，让
这个地方充斥着清脆的金钱撞击的沙沙声），她抛出几个金币 ①，
仿佛这个追求者对她来说无异于排队等候办事的人中短暂出现的
一个；也许这愈加证实了人们的猜测——她的确只对店外的人感
兴趣。她默认这一说法，她的行为却与此自相矛盾，显得可笑。
她不接受其他人的追求只是因为她毫无保留地不可救药地认可了
马奇先生。但她多少还是有些羞于承认，这是因为马奇先生的升
职——虽然是被调到了下层社会的街区，但拥有更多发号施令的
权力——显然使他们的生活比她之前声称满足的简单生活更奢
华，更令她满意。至少，他不必每天都在她眼前晃悠，这给他们
周末的相聚带来了一些新鲜感。在她同意订婚后他还在库克店工
作的三个月里，她经常扪心自问，婚姻到底能给彼此已经熟识的
两个人带来点什么。他就在她的正对面，在柜台后面，高大的身
材，白色的工作服，一绺绺的鬈发，更多的存在感，几年来他都
是店里最显眼的人物，他总是在她面前走来走去，就像走在他们
婚后新房的抛光地板上一样。她注意到自己有所进步，已经不再
马上就考虑现状和未来了，因为只有当他们分开时她才需要去考
虑这些。

---

① 原文为 sovereign，旧时价值为一英镑的英国金币。

　　但她依然要仔细考虑马奇先生写信给她时再次提到的想法，他提议她可以申请调去另一个与她现在工作的地方非常相似的办公室——她并不指望那个地方会更大——并在那个由他说了算的地方与他一起工作，这样他就又可以每天在她面前晃动了，如他所说，"每时每刻"都能见到她；并且，在那个遥远的西北城区，她和母亲租两间房可以节约大约三先令①。从梅费尔②换住到乔克农场③不仅远离了伦敦上流社会的灯红酒绿，而且他这么苦苦追求她，让她觉得有些两难；但是，与早些年她母亲和姐姐以及她自己所受的巨大痛苦相比，这根本不算什么——她们都是生性敏感而多疑的女士，在突然经历丧偶、背叛和不知所措后，她的母亲和姐姐屈服于命运的安排，完全不知道自己想要什么。她们在人生的陡坡上越滑越快，直至人生谷底，只有她自己振作了起来。她的母亲在这一路上从未从绝望中恢复过来，反而越来越喋喋不休地发牢骚，终日抱怨，一点儿也不在意自己的外表和谈吐；并且，上帝啊，她总是醉醺醺的，闻起来浑身一股威士忌的味道。

---

① 先令（shilling），英国旧辅币单位，二十先令等于一英镑，1971 年英国货币改革时被废除。
② 梅费尔（Mayfair），位于英国伦敦市中心的一块区域，是伦敦的上流住宅区。
③ 乔克农场（Chalk Farm），位于伦敦西北部。

第二章

当雷德乐公寓、斯拉普公寓及其他地方的员工都在用午餐时，或者用一些年轻人粗俗的话来说，当动物在觅食时，库克店总是静悄悄的。在这之前，她有四十分钟的时间回家吃饭。当她回来时，另一个男员工还在当班，因此她常常有大约半小时的时间可以远离工作，或是读本书——她常常以半便士一天的价钱从某一个地方租借脏兮兮的、字体极小的有关社会名流的小说。这一短暂而神圣的时刻能让她的手指触摸到时尚的脉搏，感受到上流社会的生活节奏。这一习惯与她某天在一位女性顾客身上看到的特殊光彩有关，这位女士的饮食显然极不规律，但她后来才发现她已注定不会忘记那位女士了。她有些无动于衷，她清楚地知道，没有什么工作能比她的职业有更多更频繁的公众信息；但她的大脑常常异想天开，充满着奇思妙想。总之，她在反感和同情之间摇摆不定，出于好奇心而反复无常的思路里常有些灵光乍现，让她时而清醒时而又迷惑。她有一个朋友投资了一项适合女人从事的新产业——进出人们的房子，去为他们照顾鲜花。琼丹太太对推销这一行自有一套；"鲜花"从她嘴上说出来，在那些幸福的家庭里，听起来就像煤炭或是日报那么平常。至少，在所有的房间里照料着这些鲜花，一个月的花费又不多，人们很快就会发现把这件精致的活交给这个牧师的遗孀是多么省心的事。这个寡妇在女孩边上唠叨她的创业，特别是她如何自由地进出那些最豪华奢侈的房子时，她在她朋友的眼里是多么出色——那些事情，特别是当她经常装扮多达二十个餐桌后，她感到再向前一步就能彻底改变自己的社会地位了。在被问及如果她只是经营某一种热带孤品，跟那些照料美丽的本地品种的高级仆人在一起就只能接受她们居高临下的眼光时，她对女孩这令人反感的问题做出回答："你真没有想象力，亲爱的！"这是因为，上流社会的大门已对她开启大半，对她而言这道门不过是微不足道的阻隔。

我们年轻的女士不但不接受指责，还很幽默地对待它，因为她知道该怎么看待这件事。这是她最珍贵的抱怨和最秘密的支持，虽然人们都不能理解她。因此如果琼丹太太不能理解，她也能对此淡然处之；即便琼丹太太由于传承了她们早期那一点高贵的教养并同样沦为落魄生活的牺牲品，从而成为她圈子里唯一视之平等的朋友。她非常清楚地明白她想象中的生活必须是她终生想要过的生活；如果它值得拥有，并且她的工作没有影响到它，她就会不惜一切去争取。鲜花和绿色植物的组合，的确！但她能掌控自如的，她心中暗想，莫过于男人和女人的关系了。她唯一的弱点在于与群体的接触太多；频繁的接触导致效果不佳，在此期间，灵感、预期及兴趣都消失殆尽了。最好莫过于稍纵即逝的辉煌、快速的复苏、绝对的意外，既然没有希望也就不必拒绝。有时候有人只是用一便士买一张邮票，该怎么做全在于她。她有时荒谬地认为这些机会实际上是一种补偿——补偿她长时间坐在商店里的枯燥，补偿她要面对巴克顿先生狡猾诡诈的咄咄敌意及柜台业务员自作多情的纠缠不休，补偿她不胜其扰于马奇先生每日一封辞藻华丽而内容空洞的来信，甚至是补偿她常常萦绕心头的担忧，和她母亲不知什么时候就会爆发的怒气。

并且，最近她任由自己的意识进一步膨胀；某些看起来粗俗的东西被以下事实所证明：随着社交季风的咆哮声越来越大，时尚的浪潮也卷起朵朵浪花飞溅到柜台上，她收集到更多的证据——这些事实证明各种各样的生活正在上演。的确，至少到五月为止，她开始在库克店有固定客户，这让她找到了原因——一个她拖延着迟迟不肯离开的原因。当然这听起来有些愚蠢，特别是为这样一个地方的迷人之处去找寻一个理由，这多少有些折磨人。但她喜欢她的痛苦；这是一种她去乔克农场后会怀念的痛苦。因此，是听从自己的内心留在这里还是长时间离开伦敦区过节俭的生活，在这个问题上她有些小聪明和小心思。总之，如果她没有勇气对马奇先生说，她自娱自乐的机会完全比得上他想要帮她省下的每周三先令的价值，在这个月她也看到些东西，至少在她心底回答了这个微妙的问题。这恰好跟一位令人难以忘记的女士的出现有关。

第三章

　　她刚推进来三封写得十分潦草的表格，姑娘的手就急切地接了过来，对此巴克顿先生常有种不祥的预感，他看第一眼就知道这是个游戏，而这姑娘对此有种特殊的喜好。这种让人上当的游戏都有孤注一掷的圈套，其中一种就曾出现在我们年轻朋友租借来的半便士小说《皮西欧拉》①那令人着迷的故事里。这个地方的规矩是他们不会不关注任何他们所服务的顾客，如巴克顿先生所说；但是他们也不能阻止同一个绅士沉迷于他所谓的不正当的游戏。在这件事上，她的两个同事对这些女士当中有此喜好者如数家珍；尽管他们对这些女士很熟悉了，她还是经常发现他们做蠢事或做错事，不是弄错身份，就是观察错误，这不断地提醒她较之男人的聪明，女人的机智更胜一筹。"玛格丽特，摄政街②。六点钟试穿。都是西班牙蕾丝。珍珠配饰。标准长度。"这是第一封，没有签名。"艾格尼丝·奥姆夫人，海德公园广场。今晚不行，跟哈登吃饭。答应弗里茨明天看歌剧，但周三能行。会劝哈登去萨沃伊饭店，或任何你想要的东西，如果你能得到古西。周日，蒙特内罗。周一、周二入住梅森。玛格丽特很讨厌。茜

---

① 《皮西欧拉》（*Picciola*），法国作家 X. B. 圣蒂尼（X. B. Saintine，1798—1865）于 1836 年出版的一部小说。
② 摄政街（Regent Street），伦敦西区的主要购物街。

茜。"这是第二封。拿到手里时女孩注意到第三封是用国外的格式写的："埃弗拉德，布莱顿宾馆，巴黎。只要理解并相信。22 号到 26 号，还有 8 号和 9 号。也许还有其他时间。来吧。玛丽。"

玛丽十分引人注目，也许可以说是最有气质的女人。有那么一瞬她觉得她所看见的是同一个人——也许只是茜茜一个人。也许她俩本就是一个人，她曾见到过比这还离奇的事——女士们用不同的名字给不同的男人发电报。她见过各种各样的事，因此她总能拼凑出各种各样离奇古怪的事。曾经有这么一个人——就在不久前——一口气用了五个不同的签名给五个不同的人发了电报。也许她只是代五个请她帮忙的朋友发的——所有女人，就像现在可能是玛丽，也可能是茜茜，或其他任何一个，都在替别人发电报。有时她投入了太多的——太多的个人感受，有时她又有点漠不关心；无论她处于哪种状态，最终她都能得到自己想要的结果，因为她有种特殊的本领，能根据线索进行推测，需要她关注时她就会关注，这就是她看待事情的方法。有时几天或几星期都没什么顾客上门。这常常使得巴克顿先生在每每有有趣的事要发生时，就有意耍花招把她留在收发间；这是他的业务范围内的收发间，位于这个"囚室"的最深处，是"笼中之笼"，四周用磨砂玻璃隔开以示区分。柜台业务员本想占她的便宜，但他对她的激情立马把他的智商降为零。并且她自觉高贵而有些自命不凡，对于这种令人不快的显而易见的激情毫不动心。她最常做的就是每当有挂号信，就硬推给他去做，因为她恰好特别讨厌做这件事。无论如何，在长时间的见怪不怪后，人们总是突然就产生了对某件事敏锐的感觉。在她发现前这感觉已存在，现在更是如此。

对茜茜，对玛丽，不管是谁，她发现她的好奇心猛烈而又无声地喷涌而出，又漂浮回她的身边，就像退潮一般。她有着高贵迷人的面容，眼睛里的光彩似乎能映射出发生在眼前的所有大大小小的事；最重要的是，即便在糟糕的情况下，她思考问题的高度和做决定的果敢也是非常了不起的，这都基于多年养成的习惯及许许多多综合的因素——她的美丽，她的出身，她的父母，她的亲戚，她的所有祖先——即便她想，她也永远无法摒弃这些与生俱来的东西。我们这一头雾水的小电报员又如何知道，对于发电报的女士来说，这是糟糕的时刻呢？她是怎么猜出所有不可能的事情，比如，这出闹剧发生在现实生活的哪里，处于什么样的危险阶段，跟在布莱顿宾馆的绅士的关系如何？当这一切通过"笼子"的栅栏流回她身边时，她比以往任何时候都更清楚事情的真相，迄今为止她只是稍加修补而成的生动的事实——总而言之，在欢快的氛围下，他们其中的一个遇上了心高气傲而自己未可知的另一个。发报女孩的傲慢受到了某种挑战，就像是尊贵生活的一部分，人们习惯于向不幸的人像花儿一样弯腰表示同情——掉落的芳香，仅仅是一刹那的呼吸，也能弥漫在四周，久久都不能散去。这个女孩非常年轻，但已经结婚了，我们疲惫的朋友脑子里有许多神话比喻故而能认出朱诺①的含义。玛格丽特

---

① 朱诺（Juno），古罗马神话中的天后，代表合作、精神伴侣、婚姻和分离。

可能"很讨厌",但她知道怎么给女神打扮。

珍珠和西班牙蕾丝——她确实能看见它们,还有"标准长度",以及红色的天鹅绒蝴蝶结,用一种特殊的方式点缀在蕾丝上(她可以反手把它们放在上面),装饰在衣服正面的浮花织锦上,就像画中的礼服。但是,无论是玛格丽特,还是艾格尼丝夫人,或是哈登,弗里茨和古西都不是穿这件礼服的人真正想见的。她想见的人是埃弗拉德——当然这无疑也不是他的真名。如果我们年轻的女士之前没有经历过那么多大起大落,那么她也不会受到如此的震动。她决定要彻底弄清楚。玛丽和茜茜合二为一是同一个人,想要见他——他应该就住在附近;他们发现,由于某种原因,他们必须制造出他已离开去了另一个地方的假象——有意让别人觉得他已离开;而他们一起来到了库克店,因为这是最近的地方;他们放进了三封电报只是为了不让一封电报太显眼。另外两封是用来隐藏真相,掩人耳目,转移注意力的。哦,是的,她已彻底搞清楚了,她通常都是按这个思路来查清问题的。她会再次找到把柄。这件事策划得就像那女人一样漂亮。这个女人,在得知埃弗拉德的航班后,绕过他的仆人进入他的房间;用他的笔在他的桌子旁写下她的信。所有这一切都像一阵风一样被她轻轻吹来,而在她身后久久不愿散去。女孩非常愉快地断定,她将再次见到她。

第四章

事实上，仅仅十天之后她就再次见到了她；但这次后者不是一个人，这实在是件幸运的事。由于我们年轻的小姐能够十分聪明地推测一切的可能性，她在脑海中设想了几十种埃弗拉德的模样；因此，当他们到达现场时，她感到她的小心脏激烈地跳动着。而当这位绅士和茜茜一起走向她时，她的心脏委实越跳越快。从"笼中"看去，跟她所认为的弗里茨和古西的朋友在一起，他仿佛是现场最幸福的人。他的确是一副非常幸福的样子，当他嘴唇上叼着香烟，与他的同伴闲谈的同时，他放下六封电报。需要好几分钟才能把它们都发出去。奇怪的事发生了，如果不久之前女孩对他同伴的兴趣让她对发出去的信息很敏感，在见到他后，当她数着他电报上的七十个字时，她觉得自己的智力在下降。他电报里的字只是些数字，她完全猜不出意思；在他离开后，她发现除了他醇厚悦耳的嗓音和他本人让她记忆犹新外，她的脑海里一片空白，没有名字，没有地址，也没有意图。他只待了五分钟，当着她的面吸烟，忙着用铅笔写电报，应付感觉得到的危险和由于误解而产生的可恶的背叛，而她既没有随意扫视也没有委婉地阻止他。但他的同伴一定欺骗了他。女孩知道这一切，她一定是下定决心了。

他从巴黎回来；所有的事都被重新安排，这一对又一起比肩应对生命中这场大而复杂的游戏。当他们待在店里的时候，女孩好像感受到空气中这场游戏微弱而又无声跳动的脉搏。当他们待在店里时？他们一整天都在；他们的音容笑貌继续和她在一起，在她做的每一件事里直到夜幕降临，在她计数并发送的上千个字中，在她所有扯下的邮票里，在她称重的信件中，在她所找的零钱里，毫无意识而又准确无误地存在于每一个细节中。下午时分小小的办公室里顾客明显增多，她没有抬头看那长长队伍中每一个丑陋的面孔，没有真正听见那些愚蠢的问题，虽然她耐心而又准确地做出答复。所有的耐心都是可能的，在他之后所有的问题都是愚蠢的——所有的面孔都是丑陋的。她曾很肯定她会再见到那位女士；即便是现在，她也可能会常常见到她。但对于他可就完全不同了，她再也不想见到他。她非常需要这么做。有一种需要是能帮忙的——她以丰富的经验总结出这点；另一种需要是致命的。眼下正是致命的这种，它能起阻止作用。

她第二天又见到了他，这一次情况变得十分不同：他发出去的每一个音节都非常清晰，她切实感到她不间断轻触的铅笔就像在快速抚摸他的每一处笔迹，每一道笔触都充满了生机活力。他待在那儿许久——他没有带来填好的表格，而是在柜台的一个角落里慢慢填写；那儿还有其他客户——一个不断变化不断向前的队伍，每个人都要认真对待，永远有零钱要找，有信息要填。但她的队伍里自始至终都有他；她继续工作，离他越来越近了，幸运的是，在那讨厌的磨砂玻璃后面，巴克顿先生继续在那儿发报。这天上午一切都变了，但也伴随着一种可怕的凄凉；她只好忍受她的关于致命需求的理论的失败，但她并没有一点困惑，甚至是十分轻浮地接受；但即便他的确明目张胆地住在附近——在钱伯斯庭园——而且完全属于做什么事都要发电报的阶层，甚至包括他们昂贵的感情（由于他从来不写信，他每周花费在电报通讯上许多英镑，并且他每天至少要来电报局五次）都让他的前景充满了光明，他看起来还是有些反常的忧郁，几乎是痛苦。这一点我很快就会讲到。

同时，在这一个月内，他来得非常频繁。茜茜、玛丽都再也没有和他一起出现过；他总是单独或是在某个绅士的陪同下前来，而那个绅士总是在他的光芒之下黯然失色。但是还有另一种感觉——而且有不止一种——她发现自己几乎要把所有跟他有关系的人都记住了。他这封电报既不是给玛丽也不是给茜茜，但女孩知道她是谁：在伊顿广场，他总是发电报给——并且是无可指责地！——布拉登夫人。布拉登夫人是茜茜，布拉登夫人是玛丽，布拉登夫人是弗里茨和古西的朋友，是玛格丽特的顾客，总之，是所有不同寻常的男人的亲密**盟友**（这个词在理论上是正确的，只是女孩还没找到一个更合适的词来描述它）。若不是他们之间有着不同寻常、深不可测的关系，他也不会与她交流如此频繁且有这么多的话题。他们只是交谈甚欢的——内容如此丰富，有时女孩不禁好奇他们真正见面时还有什么可说的——最幸福的两个人。他们的真实会面也应该很频繁，因为一半的电报有关约会和暗语，它们浸没在其他暗语的海洋里，最终交织成一些复杂的问题，直指他们奇妙的人生。如果布拉登夫人是朱诺，那么它们就是暗指奥林匹亚。如果女孩错过了答案，错过了夫人的真情流露，有时她真希望库克店是唯一一家能同时收发电报的大办公室，但她还是有办法通过大量必需的想象在总体上牢牢地掌握他们之间的浪漫关系。她开始把他视为朋友了，而这位新朋友的每时每刻都事无巨细地展现在她眼前，尽管这样，她还是想知道得更多。实际上她已经这样做了。她走得太远了。

即使过了一个月，她依然很难判断跟他一起来的绅士到底是老面孔还是换了新人，尽管事实是他们总是来寄信或发电报，当着她的面抽烟，签名或不签名。无论如何，当他在那儿时，跟他一起来的绅士就都不重要了。这些绅士会在其他时间单独出现，即便如此，他们于她也只有那么一点点淡淡的关系。只有他，无论是在或是不在，才是她想要关注的。他非常高大，非常英俊，尽管他有许多事要做，他还是保持着很好的幽默感，细腻周到，这让他无论做什么事都比较顺利。他能轻易地越过任何人，并且任何人——不管是谁——都愿意让着他；但他又特别善良，宁愿耐心等待也不愿还没轮到他就拿着东西对她晃动，或者用可怕的语气大喊："嗨，这里！"他等候慢慢吞吞的老太太，等候好奇张望的女仆，等候源源不断从斯拉普店出来的侍者；而她最难以言表的高兴之处在于，也许她可以通过这种测试发现她个人对他有特殊吸引力的可能性。有时当他站在她这边，主动提供帮助、给予她支持时，他的确打动了她。

但这些都是我们年轻朋友的单方面想法，她必须痛苦地提醒自己，当人们表现出相当好的行为举止时——特别是他那种阶层的人——你根本无法判断。也许这些举止适用于所有人,也许对那些需要超负荷工作的、特别贫穷的人来说它们根本没用。各种服务和便利对他而言是理所当然的东西;并且他的高度愉悦,他在等候时再次点燃的香烟,不知不觉中得到的机会、恩惠和祝福都是他无与伦比的安全感的一部分,本能告诉他像他这样的存在是没有什么可失去的。在某种程度上,他既开朗又悲观,既年轻又十分老成;无论何时,无论他是什么样子,他总是把福气带给别人。他有时是埃弗拉德,当他住在布莱顿宾馆时;有时他又是埃弗拉德上尉。有时他用菲利普加上他的姓,有时他又不加姓,只叫菲利普。在一些地方他只叫菲尔,在另一些地方他只用上尉。在一些圈子里他完全不用上述名字,他是另外一个人——"伯爵"。对一些朋友来说他是威廉,对另一些朋友来说他是"那个粉色的家伙",这也许是暗指他的肤色。一次,只有一次由于运气好,他戏剧般巧合地用了另一个跟她非常亲近的人的名字"马奇",这可真是个奇迹。是的,无论他是谁,这是他快乐的一部分——无论他是什么或他不是什么。并且他的快乐已成为——越来越是如此——某种东西的一部分,几乎从女孩开始在库克店工作时起就深深地植根在她的心上。

第五章

　　这件事恰到好处而又离奇地扩展了她的经验，她最终在"笼中"过着双重人格的生活。几周过去了，她越来越生活在一个被阵阵烟味和扫视目光所包围的环境中，并发现自己的直觉判断速度更快，涉及范围也更广了。这可真是个奇异的景象，随着压力的增大，她看到一幅满是事实与数据的全景画面，其中充斥着一连串的鲜明色彩，伴随着美妙的世界音乐。这个时期呈现在她眼前的主要是伦敦上流社会如何自娱自乐的画面，她这个目击者在经历过多日彻底的内心洗礼后，对此早已熟视无睹，见怪不怪了。这位旁观者的鼻子被花束掠过，但她却无法真正去采哪怕一朵雏菊。在她每日的苦差事中还能保持新鲜的只有巨大的差异，从这个阶层到那个阶层，在每个瞬间、每个动作中存在的不同和反差。有时候她觉得好像全国的电报都是从这个她赖以谋生的狭小空间里发出去的，在这儿，在拖曳的脚步声里，在表格飘动的震颤声里，在柜台粘贴邮票及找零的铃声中，这些她养成习惯要记住并与之产生关联，再用她自己的理论加以分析的人们，在她面前排成长队并循环不已。更让她感到沮丧的，是那些富有的浪荡公子的挥霍方式，他们为了奢侈的享受和罪过而过度聊天所花费的那些钱，足以让她曾惊恐不堪的童年时代的贫困家庭，她可怜的清瘦憔悴的母亲和饱受折磨的父亲、失散的弟弟和饥饿的妹妹，大家一起和和美美地过一辈子。在她最初工作的几个星期里，她经常惊讶地看着那些人竟然心甘情愿地为他们发送出去的这些东西付费——比如"许多爱"、"非常"后悔，恭维、惊叹、虚荣的话，以及一些空洞含糊的表述，发这些东西的费用抵得上一双新靴子了。她习惯于看一眼人们的脸，但她很早就了解到如果你成为一名电报员，你很快就会对此见怪不怪了。但是她已成长为用眼识人的天才，每天既有她喜欢的也有她讨厌的人，对于后一种人，她的感情会逐渐变成积极的占有，一种本能的观察和分辨。有一种厚颜无耻的女人（她这么称呼她们），有些装扮时髦有些庸俗不堪，她追踪、收集她们挥霍和贪婪的证据，她们的挣扎、秘密、风流韵事和谎言，用来防备她们，直到有时私下里她觉得自己已胜券在握，有一种掌控全局的邪恶想法，一种已将她们愚蠢而又羞愧的秘密装进自己的口袋和记忆惊人的大脑的感觉，因为她知道很多关于她们的事，比她们疑心或能想到的要多得多。她想要背叛这些人，想要让她们犯错，并用更改过的致命语言击垮她们；这都是由一种被最细微的符号激起的个人敌意所导致的，由于她们不经意间的语调及举止，由于她总是在顷刻间就能觉察到的一种特殊的关系。

根据事情的大小，她会本能地产生各种各样时而微弱时而强烈的冲动。通常而言，在让顾客自己粘邮票这件事上她比较固执，为此，在对付一些因傲慢而不肯动手的女士时，她也找到了特别的乐趣。她有些自鸣得意，她这一出关于教养和机智的戏要比她有可能成为话题的其他任何一部戏高明多了；并且虽然大多数人都太愚钝而意识不到这一点，它却带给她无尽的小小慰藉和报复快感。她承认有相当多的女士让她想要去帮助，去警告，去挽救，去多了解；而这些操作起来要冒个人同情心的风险，需要她对触手可及的银线和虚无缥缈的月光进行分辨的想象力，以及追踪线索和从纷繁复杂的事态中理出头绪的能力。难以分辨的月光和银线常常让她觉得幸福是那么遥不可及。虽然总体来说，模糊和空白常常不可避免地，或是幸运地成为揭示真相的黄金雨到处飞扬，而她并没有得到一丝好处，但通过事实的一些缝隙和缺口，特别是那些能戳到她痛处的东西，她还是惊讶得目瞪口呆。最终她的好朋友能花掉的金钱还是多得惊人，而她们甚至对自己的朋友抱怨说自己生活在穷困潦倒中。她们追求的愉悦正好跟她们拒绝的相同，她们常常定下昂贵的约会，这不禁让她感到好奇，由金钱铺就的快乐之路究竟能有多快乐？她一想到无论如何她只想成为这样的人就有些发抖。她的自负，她莫名其妙的虚荣心可能非常可怕；当然她经常给自己灌输一个大胆的信念，那就是她一定会比别人做得更好。但总的来说，她最大的安慰在于她对男人有挑剔的眼光；我这里指的是如假包换的绅士，因为她对那些伪装的或是猥琐的男人没有兴趣，也根本不会正眼看一下那些穷人。她可能会因为外面递进来的六便士而看一眼对方；但在某些方面很警觉的她，只要看到一丝邂逅的迹象就绝不会有任何反应。并且，她所感兴趣的男人，她主要在一种关系里追寻，这是"笼子"使她确信的一种关系，她相信这是她能打造的扩散面最广的一种关系。

总之，她发现她的女士们几乎总是跟她的绅士们联系，而她的绅士们也是如此，并且她持续阅读并理解他们交往的故事里的深意。无可辩驳地，她慢慢认为男人总是出尽风头；在这件事上，跟其他事一样，她得出自己的一个哲学结论，这些都形成了她自己的风格和玩世不恭的态度。在这件事里很显眼的一个部分在于，比如，总的来说，主动追求男人的女人要比主动追求女人的男人多；显而易见的是，一种性别的总体态度是处于守势的被追求者的态度，满怀歉意且容易示弱，而她的性格则能或多或少地帮她判断另一方的态度。也许她自己也有点落入了追求绅士的俗套，偶尔偏离了自己对待邮票时的严苛态度。总之，早些时候她就下定决心，他们必须有最好的行为举止；如果埃弗拉德上尉在那儿时，她没能找到一个，那么在其他时候她会发现有很多值得追踪并命名的绅士，他们对她来说举止"优雅"，行为得体，他们的口袋就像私人收银台一样，大而宽松，装满了金币和银币，他们愉悦的面容让人欢喜甚至嫉妒。他们从来不给零钱——他们只是接受零钱。他们给人无限遐想，在财富的荫蔽下运气时好时坏，落魄时甚至像马奇先生那样沉闷而节俭，而得志时又兴高采烈，如火箭上天一般，几乎与她的最高标准一致了。因此，一个月一个月过去了，她一直跟他们在一起，经历了无数次跌宕起伏，无数次痛苦与冷漠。实际上真正发生的事情是，在这些脚步杂沓从她面前经过的人里，到目前为止大部分人就只是经过而已——一只有一小部分最重要的人留了下来。大部分人直接游走了，迷失在无边的平凡之中，只有这样才能保持页面的干净。正因为干净，她所保留的东西才能显眼而突出；她捏起它们，抓住它们，把它们翻转过来并交织在一起。

第六章

她只要一有空就去找琼丹太太，在她的温柔请求下，并且自己在店里也经历了这么多之后，她从琼丹太太那儿越来越多地了解到，这些了不起的人是如何通过有意识地让一个真正高贵的人接受在店员看来比较庸俗的鲜花装饰从而获利的。在装饰行业，这些正规经销商的口碑都是非常好的；但这位女士的品位有着神奇的魔力，在一天当中她只需要记住所有她的小桌子、小碗、小罐子和其他小的摆设，以及她在牧师花园里种出的美妙的花朵。她年轻的朋友从没见过的这块小领地，在琼丹太太的描述下花儿盛开，像一个新的伊甸园，并且她把过去转化成一片紫罗兰，以一种伤感的语调说："当然你一直都知道我的感情！"至少现在她显然迎合了时代的大需求，快速判断客户的需要，让人们觉得他们可以毫不犹豫地信任她。她的服务带给人们片刻的安宁——特别是餐前的一刻钟，这对他们的意义绝非单纯的掏腰包所能表达。不过他们掏腰包还勉强算得上迅速；她整月整月地忙活，事无巨细打点一切；有天晚上，她最终对着我们的女主人公谈到了收费问题："业务一直在增长，我想我真的需要把工作分工一下了。一个人总是需要帮手——一个他自己的同类人，你明白吗？你知道他们想要什么吗？他们现在想要从他们中的一员，而不是从一个花农手里买花。而我想你能做到这点——你就是他们中的一员。那么我们就赢了。跟我一起干吧。"

"离开邮局吗？"

"让邮局只带给你信件吧。跟我干可以给你更多，你很快会看到的：订单，开始是一点点，然后就是成打的。"事情总是这样，按既定的程序，接下来就要提到巨大的好处了："物以类聚，人以群分嘛！"她们俩花了点时间（她们在各自的麻烦如暴风雨来袭时分开后，最终才在黎明的微光中又看见彼此）才相互承认对方属于自己的私人圈子，与自己完全平等；虽然这个承认如期而至，却伴随着一声诚实的、心有不甘的叹息。既然被冠以平等的名义，她们都尽可能地吹捧对方的显赫以便让自己获得更多的个人利益。琼丹太太年长十岁，但她的年轻朋友惊叹于她们几乎看不出年龄差距：算算时间，这位丧偶女士更像是她母亲的朋友，当时她没有一分钱抚恤费，跟她们一样仅有的一点积蓄也都用完了，她只好穿过一片污秽之地，去向对面敞开痛苦大门的人家借煤炭和雨伞，并回报以土豆和邮票，之后大门令人疑惑地拴上了。在当时，对于为了不被生活淹没而苦苦挣扎，为了生存而在苦海中大口喘气、用力划水的一贫如洗的女士们来说，这种帮助有点值得怀疑，因为她们是女士；但当其他因素都消失时，只有这是个可以再次利用的优势，而且当你只有这个优势时你会把它发挥到极致。她们分开之时，这个优势给她们各自带来的实惠还少得可怜；而现在已是天壤之别，她们能一起泰然自若地谈论它，她们能跋涉过彼此可接受的堕落荒漠一起回顾它，最重要的是，她们能够从彼此身上得到轻易的信任，这在别人身上是做不到的。她们在社会上站稳脚跟，在模糊不清中暂时满足欲望后，面对上层社会活动频频带来的震惊，她们深感有必要继续培育她们之间的传奇。她们现在最常对彼此说的就是她们知道对方的意思，并且她们知道弥漫在彼此之间的伤感是她们能再次团结合作的保证。

琼丹太太眼下谈论这个话题时真是神采飞扬，灿烂夺目，她对她的美丽事业（她如此指称它）不仅仅是窥视，简直就是洞悉。它不再是一个随处可见的点缀鲜花的房子——它是真正的奢华之家——而且在房子里她也不再是那个摆弄鲜花的人。女孩面对这个画面感到一股冰冷的气息，就像她在"笼中"所感受到的，并且她知道，她背叛了自己多少，因为贫穷的经历在她的人生开始得太早，而她原先对拥有奢华的家的无知也随着主动学习而变成一种简单化的认知。因此刚开始时她常常发现在这些对话中她只能假装听懂。虽然在库克店的机会让她快速地学习，但在她的知识里还有些奇怪的缺口——她怎么也不能像琼丹太太那样找到一条通往自己的"家"的道路。然而，渐渐地，她明白了，最重要的是，由于琼丹太太自我救赎的方法从物质上造就了这个女人，虽然岁月和挣扎没有把她的面容变得更好，但赋予了她极为出色的尊贵神态。库克店也有女士进进出出，虽然她们都很友好，但看上去气色不佳；然而一嘴龅牙的琼丹太太却看起来气色不错，尽管她一点儿都不和善。令人困惑的是，这看起来的确来自她可能耳濡目染的所有尊贵高傲。听她经常谈论二十桌晚餐和她做的事会挺让人高兴，就如她所说，她确实喜欢跟他

们在一起。关于这件事，她说得好像是她邀请了这些客人。"他
们只是给了我桌子——剩下的事，其他的结果就自然而然地出
现了。"

第七章

"那么你的确看到他们了？"女孩又问道。

琼丹太太有些犹豫，确实之前关于这一点有些模棱两可。"你是说那些客人吗？"

她的年轻朋友，小心翼翼地尽量不露出不合时宜的无知，并不是很确定。"嗯，住在那儿的人。"

"文特诺夫人？巴布太太？拉伊勋爵？哦，亲爱的，是的。他们喜欢人。"

"但人们真的认识他们吗？"年轻的姑娘继续问道，因为这是她说话的方式，"我的意思是社交上的往来，你明白吗？就像你认识我一样。"

"他们可没有你这么友好！"琼丹太太妩媚地叫道，"但我会见到越来越多这样的人。"

啊，这可真是老生常谈。"多快呢？"

"怎么，几乎每天都有可能。当然啦，"琼丹太太诚实地加了一句，"他们几乎总在外面。"

"但为什么他们都需要花呢？"

"哦，这没什么区别。"琼丹太太并没有想那么多，她只是想当然地觉得这没有什么差别。"他们对我的想法特别感兴趣，因此他们总能在那儿遇见我。"

她的对话者可真够固执的，她执着地追问："那么你的想法是什么？"

琼丹太太的回答可谓圆满："如果你哪天看到我坐拥一千枝郁金香，你就会明白了。"

"一千枝？"年轻的女孩对这一数量有些目瞪口呆；有那么一会儿她几乎要信以为真了。"好吧，但是如果事实上他们从未遇见你呢？"女孩依然不依不饶，语气悲观。

"从未？哦不，他们总能遇见我——而且显然是有意的。我们总能交谈很长时间。"

女孩内心有某种想法阻止了她追问对这些人长相的描述，因为这样做未免操之过急。但当她在思考这些问题时，她却对这个牧师的遗孀有了全新的认识。琼丹太太不仅嘴皮子厉害，还是一个行动派。昂贵的一千枝郁金香显然比廉价的甜言蜜语更能打动人。而马奇先生的未婚妻，一个对生活的竞争总是很敏感的人，觉得自己很迷惘，一方面她显然十分妒忌琼丹太太，另一方面又觉得如果自己也模仿琼丹太太的方式，但并不能比现在过得更好，该怎么办？她为此感到痛苦。她现在的状态就是巴克顿先生的手肘能自由地侵犯她右边的地盘，而柜台业务员的呼吸声——他的鼻子里似乎有什么东西——总是在她的左耳边回响。这是政府部门办公室的常见现象，据她所知，还有比库克店更过分的；但是这里不可能出现为了得到相对的自由而需要低三下四或是滥交的情况。她被年轻男子包围着，一切都像空白的边缘茫茫无际，她需要更多的技巧来帮助她至少假装找到了方向，跟任何一

个熟人一起——比如琼丹太太本人经常如此，飞快地闯入邮局，
同情地发电报给巴布太太，这是建立优雅的私密关系的方法。她
还记得那天，事实上这是非常非常偶然的机会，琼丹太太拿着要
发给拉伊勋爵的五十三个字的电报及需要找零钱的五英镑走了进
来。她们的重逢可真有戏剧性——她们的相认简直是件大事。女
孩最初只能看见她腰部以上的部分，并且还要忙着帮她发电报给
勋爵大人。这可真是个神奇的旋转木马——把她从牧师的遗孀转
变成这么一个远远高于六便士 ① 的阶层的典范。

　　并且，没有什么事是模糊不清的；拿最小的事来说，当她
失而复得的朋友刚从数数中抬起头来，琼丹太太的解释便如一
阵风般从她的牙缝之间蜂拥而出，吹进"笼子"的栅栏里："我
做鲜花生意，你知道的。"我们的年轻女士总是弯曲着她的小手
指，一个漂亮的计数动作；而且她没忘记她的小小秘密优势，甚
至可以称之为成功的锐利武器，在此时降临于她并为她解开这个
看似语无伦次的信息之谜，包括各种令人费解的数字、色彩、日
期和时间。她不认识通讯的对方，这是一个问题；但她的确有自
己的方法来了解这些信息，即便她看不懂。琼丹太太宣布自己的
地位和职业的发言就像是在风中叮叮作响的蓝铃草；但是，对她
自己来说，她的想法是人们只有在葬礼上才需要花，她现在唯一
的线索是也许她的花大多都是供给这位大人的。一分钟后，当她
再次通过"笼子"向外望去，随着她的拜访者离去时衬裙的摆

---

① sixpence，指 1971 年之前英国旧币制中的六便士，当时英国的最小货币单位，代表底层社会。

动，她看到了她腰部以下的风景；柜台业务员用单纯男性的眼光瞟了一眼，有意压低声音说："漂亮的女人！"她则还之以最冷若冰霜的声音："她是主教的遗孀。"她总是觉得，对待柜台业务员根本没必要装腔作势；她只是想要对他表达她最大的蔑视，而这一本性里的东西却令人难以置信地保留了。"主教"有些夸大其词，但柜台业务员的套近乎的方式却令人厌恶。在这之后，在那天晚上适当的时候，琼丹太太发表了长篇大论，最后女孩终于问出口："我能见到他们吗？——我是说如果我为了你放弃一切的话。"

琼丹太太听闻此言，十分淘气地说："我会把你介绍给所有的单身汉！"

我们年轻的姑娘意识到她总是让她的朋友觉得很惊艳。"他们都有属于自己的花吗？"

"数不清的花。而且都是最特别的。"哦，这可真是个奇妙的世界。"你应该看看拉伊勋爵的。"

"他的花？"

"是的，还有他的信。他长篇累牍地给我写信——还用了最可爱的插画和最精美的设计。你真该看看他画的那些图。"

第八章

在此期间女孩仔细地查看这些信件，并且有些失望；但同时她们的闲谈还在继续，并且让她说出这样的话，仿佛她的朋友对让她过上优雅生活的保证并不是那么确定："这么说来，我在我工作的地方见过他们每一个人。"

"每一个人？"

"许多重要人物。他们蜂拥而至。他们来自全国各地，你知道的，这些精英人士把这个地方挤得水泄不通。他们的名字见诸报端——妈妈还在看《晨报》——他们是来度假的。"

琼丹太太对此深以为然。"是的，而且我敢肯定其中一些就是我的客户。"

她的同伴表示赞同，但又想有所区别。"我怀疑你对他们的了解是否和我一样多。他们的婚外情，他们的约会和计划，他们的小把戏，他们的秘密和缺点——这些都在我面前暴露无遗。"

这一画面给牧师的遗孀带来了些压力，她很快想出办法还击。"他们的缺点？他们有缺点吗？"

年轻的女评论家目瞪口呆，然后她揶揄中带着一丝轻蔑说："你难道没发现吗？"当然，从那些奢华的房子里是看不出什么的。于是她继续说："我发现了一切。"

琼丹太太骨子里本是个温顺随和的人，她显然很震惊。"哦，我明白了，你的确了解他们。"

"啊，我并不在乎！主要这能给我带来些好处。"

过了一会儿，琼丹太太恢复了她的高高在上。"不，这不能说明什么。"她一开始就是这么认为的。并且——毕竟，她没有嫉妒。"他们也许有什么魅力。"

"让我想见到他们？"听到这话女孩突然爆发了，"我恨他们，这就是他们的魅力。"

琼丹太太再一次张口结舌。"那些真正的'聪明人'吗？"

"你就是这么称呼巴布太太的吗？好吧——对我来说，我了解巴布太太。我想她并没有亲自来，而是派她的女仆把东西拿到这儿来的。哦，亲爱的！"库克店的女孩在回忆这些事的前前后后时，突然间像是有许多话要说，但她没有说出口。仔细考虑后，她只提到："她的女仆，令人讨厌的家伙——她一定是知道了她的一切！"接着她很不屑地说道："她们都太现实了！她们都是些自私的衣冠禽兽。"

经过一番考虑，琼丹太太最后决定对此报以一个微笑。她想做个开明的人。"好吧，当然，她们的确是计划好的。"

"她们简直让我烦透了。"她的同伴继续略有克制地数落道。

但这句话有些过分了。"啊，那是因为你没有同情心。"

女孩嘲讽地笑了一声，仅仅反驳道，要是琼丹太太必须整天统计字典里的单词的话，她也不会有同情心的。一场争论就此拉开。琼丹太太认为她越是想到她会就此与上流社会失之交臂并为此而感到害怕，就会越愤怒，这愤怒让她深陷其中。没有同情心——或没有想象力，因为这二者总是如影随形——她怎么能在大的宴会上招呼从中间位置直到最边远角落里的客人呢？这并不是易于操控的简单组合：压力来自那种不可名状的简单，那些单身汉，特别是拉伊勋爵，会像随意吐出一口烟圈般抛出一种简单生活的图景。马奇先生的未婚妻不管怎样都接受这个解释——它的效果就像她们之间几乎所有的谈话一样，最终都会把她带到关于这位先生的可怕问题。她十分痛苦地想要在这个话题上摆脱琼丹太太，因为她十分清楚后者的脑子里究竟在想什么；她想要让琼丹太太停止胡思乱想，为此不惜使用任何手段，甚至是激怒她。她知道如果她的朋友不是那么小心翼翼拐弯抹角的话，就很有可能冒险说出这样的话："放弃他吧——是的，放弃他。你会看到你有机会得到更好的。"

年轻的女士总觉得，如果有人在她面前鄙视马奇先生的清贫，她就会毫不犹豫地还击，道义也不允许她不这么做。当然，潜意识里她并不想要这么做。但她发现琼丹太太也在期待某种东西，并相信她会渐渐等到这一结果。这一天终于来了：当女孩瞥见那能让她的朋友感觉强大的东西，这完全就是能够宣布每个人各自的梦想到达顶峰的前景。这个上流社会的同盟有着自己的打算——人们在自己孤独的住所里仔细地研究它们。总之，如果她为单身汉们摆设鲜花，难道她不希望能有跟库克店毫无指望的前景完全不同的结果吗？事实上单身汉和鲜花的组合看起来还不错，虽然当你凝视她的眼睛时，琼丹太太还是不准备说出她所期望的——能从拉伊勋爵嘴里得到一次主动的求婚。但是，我们的年轻姑娘最终明确地知道了琼丹太太的想法。这是一种生动的先见之明，她几乎要在琼丹太太说出那条爆炸性新闻时就讨厌她了，除非让她提前从一次成功的挽救中得到安抚。否则这个不幸的人如何能忍受她所听到的这句话呢：在文特诺夫人的保护下，一切都有可能？

第九章

　　同时，由于怒气有时会缓解她的压力，马奇先生的未婚妻会直接从她的这位仰慕者身上索取与她的忠诚相匹配的东西。星期天她常常与他在摄政公园里散步，并且一个月有一到两次，他带着她，在斯特兰德街① 或附近一带，去看一出正在上演的歌剧。他通常选择的作品都是真正的佳作——莎士比亚的，汤普森的，或是一些有趣的美国作品；正好她也十分厌恶粗俗的戏剧，这就给了他几乎是最好的接近她的理由，因为他们的品位是如此令人欣喜地一致。他不断地提醒她这一点，并为此欢欣鼓舞，在她面前表现得蜜意柔情，善解人意。她常常疑惑为什么在这个世界上她要忍受他，这个自大到完全没有意识到他们之间存在着巨大差异的家伙。她希望她被爱上是因为这个差异，她也渴望被爱，但如果这并非马奇先生仰慕她的原因，那又到底是因为什么呢？她扪心自问，百思不得其解。她和他并不只是一点点不同，他们完全是两个世界的人；除了也许在是不是人类这个问题上，她勉强认为他是。她本可以在其他方面做出许多让步：比如，她可能对埃弗拉德上尉做的让步是没有限制的；但我在这里说的是她准备为马奇先生做任何事。因为他是如此的与众不同，她既喜欢他又

_____

① 斯特兰德街（the Strand），伦敦最繁华最富足的街道之一。

想折磨他。这也就证明了，虽然他们坦承这些差异，但这些差异并不是致命的。她觉得虽然他有些油嘴滑舌，但有时他又是如此单纯正直：她记得有一次，当他还在库克店当班时，她亲眼看见他赤手空拳制服了一个醉汉。一个喝醉了酒的、高大粗壮的士兵，正和一个同伴进来兑付一张汇票。这个醉鬼比他朋友抢先一步抓到了钱，并在众目睽睽之下引发了两人之间的抢钱大战，一时间场面十分混乱。巴克顿先生和柜台业务员都躲在柜台后不敢吭声，但马奇先生悄然而迅速地绕过柜台，奋力将正在打架的俩人分开，赤手空拳压制住了闹事者，成功制止了一场混战。在那一刻她为他感到骄傲，并私下里觉得，假如他们之间的感情还未落实的话，他的这个见义勇为的举动已让她芳心暗许，不再有任何犹豫。

　　但他们之间的恋情是由于其他事情促成的：他的真挚感情，抑或是她觉得他那高级的白色工作服象征着更多的工作机会。她深信不疑，他将来会有更好的发展前途。他将用夹在耳朵后的钢笔努力工作，成为皮卡迪利街①的新贵，或早或晚只是时间问题。对于一个务实的女孩来说这是她的优点。随着时间的推移她甚至发现他还挺好看的，只是，她心里十分清楚，也从不费劲去幻想，依靠裁缝或是发型师的巧手装扮，他就能看上去像个绅士，哪怕只有一点点。他的魅力属于杂货商的魅力，这一行做到顶级也不可能对他的外貌气质有多大的改变。总之，她与这类人

---

① 皮卡迪利街（Piccadilly），伦敦最繁华的大街之一。

中最完美的一个订了婚，而"完美"对她这个想要靠结婚从先前的麻烦中全身而退的人来说已经太奢侈了。但这也对她的现状造成了很大的影响，使得她在工作和生活中所接触的人完全不同，就像两条平行线一样。这样截然不同的状况平静地持续一段时间后，一个周日的午后在摄政公园的靠背椅上，她突然用任性而又慌乱的语气对他提及了这一点。提到这个话题，他很自然地竭力劝说她换个工作，调到他能随时看到她的地方，并认为她所给的迟迟不肯换工作的理由并不合理，她不需要得到他对于她所做工作的理解，仿佛她荒唐而糟糕的理由反而说明她自己知道真正的理由！有时她认为让他知道一切也挺好玩的，因为她觉得除了她偶尔会让他感到愚不可及外，她会与他相伴到老；但有时她又认为这样做令人厌恶，甚至后果严重。但是她喜欢让他认为自己愚蠢，这样充其量能给她一些她总是需要的空间；唯一的困难在于他没有足够的想象力来要求她。不过这也产生了某种她期望的效果——他只是单纯地疑惑，在关系到他们能否重聚的这件事上，为什么她就不能做一些让步呢。那么最后，在平淡无奇的某一天，仿佛是偶然及出于无聊，她荒谬可笑地说出了自己的想法："嗯，等等，我还想留下再看好戏呢。"她尽可能把话对他说得严重些，更甚于当时对琼丹太太所言。

渐渐地，让她瞠目结舌的是，他对她所说的照单全收，既不惊讶，也不生气。哦唷，英国的商人——这让她看清了他的才智！马奇先生只会迁怒于对他的生意造成负面影响的人，比如在店里喝醉酒的士兵。目前看来，他正积极地考虑她从库克店的顾客身上找乐子的异想天开的理由，一点都没有嘲讽的表情或发出阵阵笑声，并且立即开始设想这会导致（如琼丹太太所说）什么样的后果。当然他脑子里所想的和琼丹太太大相径庭：他显然不会猜测他的心上人想要另外挑选一位丈夫。她清楚地知道他甚至认为她自己连这样的念头都不可能有。她的所作所为又把他的情感往朦胧而前景广阔的生意的方向推了一把。在那个方向一切都需要警惕，为此她轻轻驱散了某种"联系"所带来的温和的香气。他所见到的她与绅士之间的良好关系仅止于此；在追根究底时，她迅速地向他展示她看待这些人的眼光，并大体告诉他这眼光看清的真相，成功地使他陷入某种特别的困惑，这让他对她来说看起来挺有趣的。

第十章

"他们真是最可怕的可怜虫，相信我——那儿的所有人都是如此。"

"那为什么你还待在他们中间？"

"哦，亲爱的，只是因为他们是他们啊，这也是我恨他们的原因。"

"恨他们？我以为你喜欢他们。"

"别傻了。我所谓的喜欢就是讨厌。你不会相信每天我都看到了些什么。"

"那你为什么从来不告诉我？在我离开之前你从未告诉过我。"

"当时我并没有意识到。这种事你起先并不相信，你必须看过了，然后你才渐渐明白。你越深入了解得便越多。另外，"女孩接着说，"这是一年中最糟的时刻了。人们只是一窝蜂地都挤在那些繁华的街道上。说到穷人的数量！我能保证的是富人的人数！每天都有新贵出现，而且他们看起来变得越来越有钱。哦，他们真的出现了！"她自娱自乐地模仿柜台业务员低沉的语调低声惊呼道——她确信这声音并没有传到马奇先生的耳朵里。

"那么他们从哪儿来呢？"她的同伴直言不讳地问道。

她仔细地回想了一下，然后她想起来了。"从'春季年会'上来。他们赌得很大。"

"那么，他们在乔克农场已赌得够多的了，如果这就是全部的话。"

"这远不是全部，连百万分之一都不到。"她有些尖刻地回答。"这真是太有意思了。"她突然想逗弄他一下。然后，正如她从琼丹太太那儿听到的，以及来库克店的女士们有时发电报说的那样："这简直太可怕了！"她能完全理解由于马奇先生自身的教养，甚至由于他有些极端——他非常讨厌粗俗的行为并且加入了卫斯理公会 ① 教堂——他不会追问这其中的细节。尽管如此，她还是在他面前透露了一些无伤大雅的事情，特别是渲染了他们如何在辛普森店和雷德乐店任意挥霍金钱。这确实是他乐意听闻的：虽然没有什么直接的联系，但相比那些简陋的歇脚之处，人们更愿意待在奢华的、可以挥金如土的地方。他必须承认，这些让他的心上人津津乐道的地方的确比乔克农场更能点燃人们的激情。她带给他一种激动不已的感觉，好像这一切都是大家习以为常的，并没有什么不妥；最开始的萌芽，潜在的可能性，微弱的预兆——天晓得是什么——证明了如果有时间到这儿来还是有利可图的，既然如此，他应该在这样的极乐世界拥有自己的商店。真正触动他的——这是显而易见的——是她总是眉飞色舞地描述这些热闹的场景，就像一个戏迷一样不断地提醒着他那漫天飞舞的支票，以及这些托上帝的福成为杂货商的人跻身于这个阶层时

---

① 卫斯理公会（Wesleyans），遵奉英国 18 世纪神学家约翰·卫斯理宗教思想的各教会团体之统称，基督教新教七大宗派之一。该宗主张认真研读《圣经》，严格宗教生活，遵循道德规范，故又被称为"循道宗"（Methodists）。

所具备的魅力。他也希望这个阶层一直存在着，而他的心上人能够以她微薄但也不容忽视的力量支持着它。他并不确定自己对此的看法，但是贵族的兴盛显然有利于生意，并且一切都按部就班，易于操作。可以肯定的是目前没有迹象表明这一切会衰退，这是值得安慰的。那么她所谓的身手敏捷的收报员该怎么做才能维持这个局面呢？

因此，对马奇先生来说，最好的结果就是大家共享欢乐，皆大欢喜，人们拥有的越多，得到的就越多。你越会逢场作戏（这是他能想到的词），就越能得到更多的奶酪和泡菜。他甚至按自己的方式隐隐约约生出一种甜蜜的想法①，将脆弱的激情与廉价的香槟关联了起来，或者说将后者与前者关联起来。要是他最终能明白自己的想法的话，他一定会想："我明白了，我明白了。把他们捆绑在一起，带领他们不断向前：终有一天，这也会发生在我们身上。"但他现在正疑惑于伴侣身上的细微变化，从而影响了他的直观。他无法理解为什么人们会讨厌他们所喜欢的，或者喜欢他们所讨厌的；最重要的是他有些伤心——因为他骨子里的清高，他根本不知道他的上司是怎么挣钱的。放下绅士的面子来打探此事似乎是不妥的；那么他唯一能做并且不会引起非议的就是努力工作，取得事业上的成功。难道不就是因为他们高高在上从而收入不菲吗？无论如何，他得出了这个结论，并对他的女朋友说："如果你觉得待在库克店里不合适，就请接受我为你考

---

① 此处"甜蜜的想法"原文为 linkèd sweetness，语出弥尔顿诗作《欢乐颂》。

虑的离职的理由。"

"不合适？"她的笑容变得更明显了，"我亲爱的，这儿可没一个人能像你一样。"

"我想是的，"他笑道，"但这解决不了问题。"

"可是，"她反驳道，"我不能丢下我的朋友们。我挣得甚至比琼丹太太都多。"

马奇先生思索着说："她挣多少钱呢？"

"哦，我亲爱的小笨蛋！"然后，不顾摄政公园里有其他人在场，她拍了拍他的脸颊。就在这一刻，她几乎就要脱口而出告诉他她想要离钱伯斯庭园近些。她其实还有一种促狭的想法，想知道如果她说出埃弗拉德上尉的名字，他是否会放弃他原先的想法，是否会去权衡自己显而易见的反对和更显而易见的利益，看看二者究竟孰优孰劣。当然，利益能促使他努力做到最好而不是在那儿空想，然而通常明智的做法是当你已得到某人的心时就继续拥有它，不要随意放弃，并且这样做也能高度体现她的忠诚。她从来不会怀疑的一件事就是：马奇先生相信她并信任她！她也相信自己，因为如果在这个世界上有一件事是她绝对不会去做的，那就是去当一名地位低下的酒吧女招待，成天洗着酒杯，说着粗俗的脏话。即便如此，她也还是忍着没说，她也没对琼丹太太提过这一点。而她对上尉名字的三缄其口、欲言又止倒也象征着一种成功，意味着她已达到某种目的——她无法说出那是什么，她在心里打趣地把它称为他和她的关系。

第十一章

　　她本该承认这样一个事实，无论他离开多少次，离开多久，最终他都会再次出现。这是她自己在意的事，与其他人都毫无关系。这件事本身并没什么，它之所以有意义，是因为她对他的记忆和关注让她对他有了更多的了解。终于有一天，她的这份了解得到了可喜的回报。当他们四目相对时，彼此之间都感受到了一种心照不宣的、半是玩笑半是严肃的认知。他向她道早安，如往常一样，他也常常向她脱帽致意。有时间或没人排队时他也会和她闲聊上一两句，有一次她竟然对他说出"好久不见"这样的话。"久"虽是个微不足道的词，她却十分小心谨慎地使用；对她而言，她说"久"就是真正意义上的久。对此，他的回答在措辞上无疑没有那么深思熟虑，但也许正因为这个缘故倒也不落入俗套："哦，是的，天气可真潮湿，不是吗?"这成了他们之间交谈的范式，她不禁猜想世界上是否还有比这更高尚、更纯粹的对话。只要他们认定的一切，几乎就是他们想要表达的。当他透过柜台上的栅栏向里望去，电报间的狭小空间已完全不重要了。这只是一个肤浅的商业层面上的缺点。有埃弗拉德上尉在，她觉得仿佛身处整个宇宙。因此，可以想象得出，他们没有说出口但又彼此心知肚明的话是如何随心所欲地驰骋在他们心间的。每一次他递进来的电报都增进了她对他的了解，他不变的笑容如果不是这个意思那又意味着什么呢？他每次进来都会这么说："啊，这次又要麻烦你了，无论我给你什么，你都能做得很好。说真的，你带给我莫大的安慰！"

她深受两件事的折磨。最痛苦的一件莫过于她至今还无法跟他在个人事务上有所接触，即便只是一到两次。她愿意付出一切，只为能够得到他朋友的名字或他约会的时间，抑或是解决他困难的办法。她愿意付出一切，只为换得一个恰当的时机——它必须非常恰当——以一种尖锐而又甜蜜的方式告诉他她已看穿一切。他爱上了一个女人，对这个女人来说，一个女电报员，特别是一个终日置身于火腿和奶酪之间的女电报员，就像地板上的沙粒一样平凡渺小；她想要实现的梦想就是让他知道，她对他的痴迷甚至是不妥的行为，完全出自她对他的兴趣，这是多么纯洁而又高贵的动机。但是，也许她只能勉强希望，迟早有一天，一个意外能给她一个机会，让她出现在他面前给他惊喜，甚至是帮助他。此外，人们——幸灾乐祸的人们——还会说什么，在不知情的情况下？她感受到了，而且看来确实如此。当她出了些岔子，把闷热的天气说成寒冷，而把寒冷又当作闷热时，无论好坏，这还是暴露了她在"笼子"里对外界知之甚少。就此而言，库克店里总是闷热的，而她最终也平静下来得出一个安全的结论，那就是室外的天气是"变化无常的"。他也高兴地表示同意，说明一切都是真的。

这的确可作为一个小的范例，是她为了帮他简化事情而琢磨出的比较隐晦的方法——当然她并不确定他是否会公正地判断。这个世界并没有真正的公正，她对此有太多的经验教训。但奇怪的是，她感到很开心，并设法不让巴克顿先生和柜台业务员觉察到。除了那个在她心里时明时暗的关于他是否对她有意的疑问，她最大的愿望就是能让他不由分说地感到库克店的——怎么说呢——魅力；简单，通畅，气氛融洽，环境优美，总之他在这里办理业务要比起附近其他店更顺利些。她十分清楚由于这里空间狭小，办理业务不可能非常迅速，但她觉得慢而稳才能不出错——如果他能忍受，她当然也能。但巨大的痛苦来自附近林林总总的邮局。也许是幻觉，她总是能看见他跟其他女孩子到另外的邮局去。但她鄙视任何一个跟着他的女孩。虽然由于各种原因，在库克店他们无法做到快捷，但当她觉察到他很焦急时，即便他并没有明说，她还是能尽力迅速地为他办理业务。

如果不可能做到快速，当然最好是这样，因为他们的交往中最令人愉悦的部分——她称之为友谊——使她能以幽默的心态来看他的电文。老天保佑！要不是他有些信的内容令人匪夷所思，他们之间恐怕也不会这么亲密！可以肯定的是，如果他想创造机会跟她在电报间里独处共同研究电文，利用离奇古怪的文字是最好的方式。实际上一两次之后，她就已经识破这些伎俩、看懂这些文字了，但即便冒着会被他认为愚笨的风险，在时机合适的情况下，她还是会装作不明白。所谓合适的时机，就是当她确信他已经知道她在假装看不懂的时候。如果他知道，他就能容忍；如果他能容忍，他就会再来；如果他再来，就说明他喜欢她。她真是开心极了。她没有过多地询问他的喜好——她只知道他之所以没有离开是因为她的缘故。他有时会离开几个星期。他有自己的生活，他需要旅行——他经常会发电报到一些不同的地方预订"房间"，这一切她都同意并原谅他；事实上，长远来看她应该祝福和感谢他。如果他要过他自己的生活，电报正好能帮上大忙，因此他一定会对她心存感激。这就是她想要的，而他也不会不给。

有时她几乎感到，即便他愿意他也无法做到，因为他们彼此心知肚明。她不由得兴奋地想如果一个坏女孩有这么多资料会怎么做，那一定比她在半便士小说里读到的情节更吸引人：一天晚上黄昏时分，在钱伯斯庭园，他将最终知道这一切。"我熟知某一种人但你跟他们不一样，请原谅我的耸人听闻，但你收买我是非常值得的。所以，来吧，来收买我吧！"但确实有一点能让这个天马行空的奇思妙想立即着陆——这是她还没准备好为之命名的一点，因为涉及购买介质。当然，它不会是像金钱那样显而易见的东西，因此事情看来有些模糊，更加上她并不是一个坏女孩。并不是这个原因让她常常希望他会再次把茜茜带来。然而，这件事的困难也常常摆在她面前，在库克店工作的经验告诉她，茜茜和他应该常常在不同的地方。这次她知道所有的地方——沙区伯雷、蒙克豪斯、怀特罗伊、芬屈斯，她甚至知道在这些地方的聚会是怎么组织的；但她的小心思告诉她应该利用这些信息来很好地保护并促进他们之间的关系，就像她从琼丹太太那儿听到的一样。因此，当他有时微笑着，仿佛再次给她其中的一个旧地址让他感到很尴尬时，她整个人都表现得很同情他（从她的表情可见），他应该看得出来。她克制着自己没有批评他，这是她作为一个女人为了爱而做出的最温柔的牺牲。

第十二章

　　尽管如此，她偶尔还是会担心，虽然这些牺牲很大，但很可能他根本看不上眼——如果这实在比不上他同伴的激情，能紧紧地缠着他，让他像巨大的蒸汽机轮一样转个不停。无论如何，他始终处于一个灿烂得令人目眩神迷的命运的掌控之中，他生命的狂野之风把他径直朝前吹。但当他经过时，即便他还是开心地微笑着，她难道没有从他的脸上捕捉到有时一闪而过的彷徨无措的神情和怜悯的目光？他很可能甚至连自己都不知道他有多害怕，但她知道。他们正处于危险中，他们正处于危险中，埃弗拉德上尉和布拉登夫人。他们的故事足以让任何一部小说都甘拜下风。她想到了马奇先生和他那稳定得让她觉得安全的感情；她想到她自己，并为她总是不冷不热的回应而羞愧。在这种时刻，能带给她一丝安慰的就是她感到在另一段关系里——一段能够赋予她真正想要的亲密感的关系，这是马奇先生这个自大的家伙从没给过她的——她应该和布拉登夫人一样不够热情。她在两三次进一步的试探后发现，只要她愿意，布拉登夫人的情人一定会消除顾虑、鼓起勇气对她倾诉衷肠，她对此非常有把握。实际上她不止一次地想象，虽然他正按部就班地走向他的宿命，但当他的耳朵里充斥着反抗的声音时，他们四目相对，脉脉含情。但他又如何能对坐在柜台出纳和接报员之间的她吐露真情呢？

很久以前，当她在上下班途中路过钱伯斯，仰头向上看那些建筑豪华气派的正面时，她止不住地想，这个地方会是多么理想的演讲场所啊。在社交旺季结束前，伦敦还没有哪个地方能给她留下更深刻的印象。为了从它前面走过，她特意绕道而行，因为它并不顺路；当她从街道的对面走过时，她一直抬头向上看，花了好长时间企图辨认出那几扇特殊的窗子。但最终帮助她确定目标的却是她的一个大胆举动，在当时她紧张得几乎心跳都停止了，事后回想起来也依旧面红耳赤。有一天晚上已经很晚了，她依旧在附近溜达并观望着——她在等待一个机会，等总是穿着制服站在台阶上的门卫陪着访客进去。这时她大胆地跟了进去，算好了门卫会跟着客人上去而大堂会无人值守。大堂里的确空无一人，电灯的光照在写有不同楼层的住户姓名和房号的镀金板上。她直接找到了她想要的——埃弗拉德上尉住在三楼。在那一刻，她仿佛觉得他们第一次在电报局外有了面对面亲密的接触。上帝啊！他们是如此接近，虽然只有短短的几秒钟：由于害怕他会突然走出来或听到他的声音，她惊慌失措地转身就往外跑。其实在她这大胆的情感转移过程中，恐惧从未远离她，并且时常夹杂着奇怪的沮丧和失望。她十分焦虑并冒着风险装作在附近闲逛，实则是来看他，这可真是糟透了；更糟的是她还选择在这个时候经过，明知此时是不可能遇见他的。

在她清晨第一个来到库克店的那个时间，他总是——或者她希望他是——舒舒服服地躺在床上；而当她最后一个下班时，他自然是在——她对此了如指掌——着装打扮奔赴宴会。我们姑且不论为什么她没有在附近徘徊直到他穿戴完毕，因为原因很简单，这样一个人梳妆打扮的过程令人难以想象地久。如果她选择在中午吃饭的那么点有限时间过去，那她就只能径直经过而什么事都干不了，虽然牺牲了一顿午餐，她却乐此不疲。她决意不在凌晨三点的时候随意经过那里，因为这显得太轻浮，而她找不到一个体面的借口来解释——虽然这是他最有可能回家的时刻，如果半便士小说里的情节可靠的话。因此在设想了几百种不可能的情况之后她只能期待神奇而美丽的不期而遇了。如果事实是唯一的可能，相见就是唯一的证明。我们只能判断，在这个不同寻常的女孩跳跃而又模糊的观念里，还有什么是不可能发生的呢？我们这位年轻朋友所有与生俱来的才华，她的高尚品质、本性和骄傲，都隐藏在那颗跳动的小心脏里了；因为当她非常自觉地意识到自己被弃如敝屣的自尊及受到怜悯的卑微行为时，某种清晰可辨的迹象照进了她的心田，给她带来了安慰和救赎。那就是他的确喜欢她！

第十三章

他再也没有带茜茜来过，但有一天茜茜自己独自前来，一身玛格丽特时装跟之前一样光彩夺目。也许季末的缘故，她看上去更随意一点，但是她明显有些躁动不安。她手里没拿任何东西，只是不耐烦地四下张望找寻着表格和写字的地方。在空间狭小的库克店要找个地方写字还真不是件容易的事，当柜台业务员面对她尖刻的询问用手势做出回答，而她惊讶地反问"在哪儿"时，她清晰的嗓音里明显带着一种她的情人从来都不会表现出来的厌烦。我们的年轻朋友正在为一群顾客忙碌着，但是当夫人像阵风似的重新出现在栅栏外时，她已以最专业的工作态度迅速地打发了他们。她全神贯注地在几分钟内就飞快地为所有的信件都贴上了邮票，然后直接接过夫人的电报。她之所以集中精力，是因为她为即将到来的如释重负感到担忧。自从上次见到她爱慕的人之后，她日日翘首期盼已有十九天了；如果他在伦敦的话，根据他的习惯，她应该会经常见到他，她马上就要知道他会出现在哪里了。她只要一想到这些地方，就禁不住地心醉神迷，欣喜若狂。

但是，老天爷啊，夫人看上去是如此美丽优雅，更为她加分的是他所流露出的亲密神情应该都来自这个漂亮的尤物！女孩直接望向栅栏外的那双眼睛那两瓣红唇，它们一定曾与他频繁而亲密地接触过——她怔怔地望着，有那么一瞬，她有种奇怪的冲动，想要替他在回信里填完所有的回复。然而，当她发现她所在意的人竟然无动于衷，毫无猜疑，熠熠生辉只是因为其他原因，这反而更为后者增添了色彩，女孩对此印象极为深刻：她所得到的是难以企及的纯净的感情，但同时有一个高贵的同伴的感觉让她感到激动不已。通过夫人，她觉得不在场的那个人正和她在一起，也因为不在场的那个人，她现在和夫人在一起。唯一的痛苦——但也不算什么——就是从那张美妙的面庞上对她视而不见的神情可以明显看出，夫人丝毫不知道她的存在。她曾经愚蠢地认为，这件事中的另一位一定会在伊顿广场偶尔提及在他经常发电报的地方有个非同寻常的小人儿。但是察觉到她的顾客的一脸茫然，事实上有助于这个非同寻常的小人儿在瞬间找到一个自我慰藉并引以为傲的想法："她什么都不知道，她什么都不知道！"女孩在心里大喊道，因为这毕竟说明了埃弗拉德上尉的电报密友是他不为人知的秘密。我们的年轻朋友对夫人电报的细读被片刻的茫然延长了：在她和电文之间来回涌动的，她透过泛起涟漪的清澈海水看到的，是那排山倒海般阵阵呼喊的浪潮："我知道得这么多——我知道得这么多！"虽然很多时候她能根据记忆掌握电文的言外之意，但这一走神耽误了她理解电文，表面上看来这些字无法提供她想要的信息："杜尔曼小姐，普瑞德酒店，普瑞德街，多佛 ①。立即告诉他正确的，法国酒店，奥斯坦德 ②。告诉

---

① 多佛（Dover），英国东南部的港口。
② 奥斯坦德（Ostend），比利时西北部港市，比利时最重要的海港和最大的海滨旅游胜地。

他七九四九六一。回电报到布尔菲尔德店。"

女孩慢吞吞地数着。那么他在奥斯坦德。这其中的关联有什么东西难住了她，为了不让它那么快从她眼前滑过，她必须做点什么好让她能有多一点的时间思考。因此她做了她从来没做过的事——抛出一句"回电付费吗？"，听上去有点多管闲事，但她很快就用粘上邮票的举动加以掩饰并等着找零钱。她是如此冷静，因为她有足够的把握认为她熟知杜尔曼小姐。

"是的——付费。"在这句回答中她看清了一切，即使是对如此准确的假设一点小小的惊讶；即使下一分钟又尝试换上新的冷漠。"加上回电一共多少钱？"计算并不是很难，但我们紧张的旁观者需要更多的时间来得到答案，这给了夫人进一步思考的时间。"哦，等一下。"由于突如其来的神经质般的紧张，一只白皙的戴着宝石的很少写字的手抬起到了那张精致的面孔的一边，夫人眼神焦急地盯着柜台上的电报纸，更靠近了些"笼子"的栅栏。"我想我要改个字！"她重新拿回电报并仔细地又读了一遍；但她又有了新的烦恼，研究了半天也没做出决定，这让我们的年轻姑娘不由得看着她。

与此同时，在她看着夫人的表情时，后者当场做了决定。如果她一贯都认定他们有危险，那么夫人的表情就是最好的证明。电报里有一个字是错的，但她又忘了正确的那个字，她必须依靠女孩把它重新找出来。因此，在充分估计顾客的数量并等到巴克顿先生和柜台业务员注意力分散后，女孩趁着这个空当说出来："是库珀店吗？"

夫人好像整个人都跳了起来——跳过"笼子"的顶部并降落到她的对话者的上方。"库珀?"——脸红更强化了她的凝视。是的，女孩让朱诺面红耳赤。

这是能继续下去的最好方法了。"我是说用它来替代布尔菲尔德店。"

我们的年轻朋友非常同情夫人，后者在须臾之间变得如此无助，没有一点傲慢或暴怒。她只是困惑不解，惊恐不已。"喔，你知道——?"

"是的，我知道!"我们的年轻朋友微笑着，眼神与对方相遇并让后者有些羞愧。她继续怜悯她。"我来改。"她很有把握地伸出手。夫人只好同意，因为她已晕头转向不知所措，所有的沉着镇定都不复存在；下一刻电报已又静静地躺在"笼中"，而它的主人已悄然离去。在所有可能见证她擅自篡改行径的目光下，这个非同寻常的小人儿迅速大胆地做了妥善修改。人们真的太轻率了，在某种情况下，如果被抓住把柄的话，这也一定不会是她非凡的记忆力惹的祸。这难道不是几星期前就定好的吗？——对杜尔曼小姐来说，它一直就是"库珀店"。

第十四章

但夏日"假期"带来一个显著的不同；它们是几乎所有人的假期，唯独不属于"笼中的动物们"。八月的日子单调而无聊，因为没有多少业务要做，她发觉自己对那些社交精英的秘密的兴趣也在减退。她只是根据自己所掌握的资料来追踪这些精英——在她的帮助下，他们做了诸多安排——的确切位置，但她感觉好像全景图已不再展开，乐队也停止了演奏。后者中走失的成员偶尔会出现，但在她面前的交流大多只涉及旅馆的房间、装修好的房子的价钱、列车的时间、航行的日期，以及"见面"的安排；她发现大部分内容都平淡乏味，甚至粗鄙无礼。唯一值得兴奋的是，他们直接将一股阿尔卑斯山草地及苏格兰沼泽的气息带进她那闷热的角落里，这也许是她一直期待呼吸的；此外，这儿尤其有一些肥胖的、暴躁的、乏味的女士令人恼怒地说出那些数目繁多的海滨旅馆的名字，还有需求数量惊人的卧床：这些与此有关的名字——伊斯特本 ①、福克斯通 ②、克罗默 ③、斯卡波罗 ④、惠特比 ⑤——就像飞溅的水花时刻萦绕在沙漠中的旅人心头一样折磨

① 伊斯特本（Eastbourne），英国一港市。
② 福克斯通（Folkestone），英国肯特郡东部港市。
③ 克罗默（Cromer），英国著名的码头。
④ 斯卡波罗（Scarborough），英格兰东北部渔港，度假胜地。
⑤ 惠特比（Whitby），英格兰约克郡东部海滨小镇。

着她。她许多年都没有离开过伦敦了，唯一能给这几周死气沉沉的日子带来点味蕾上的刺激的，当属这长期憎恨所带来的辛辣感了。她能见到的稀疏的顾客都是"正要离开"——要去那自由飞驰的游艇的甲板上，去那岩石密布的海岬的最高点，任微风吹弄着对她认为她所厌恶的事物的渴望。

因此在这个时期，"人的境况竟然有如此大的差异"的想法盘旋在她脑中更甚于以往；事实上，最终一个改变的机会公正地落到她的头上———一个几乎跟所有人一样可以短时间"离开"的机会。在"笼中"跟在商店和在乔克农场一样，他们轮流享受这种机会。她两个月前就知道她在九月份会有不少于十一天的个人假期。最近她和马奇先生的谈话都围绕着希望和害怕，主要来自他，关于他们是否有相同的度假时间——随着这个问题愉快地解决，他们要考虑的问题扩大到无边无际的关于去哪儿及怎么安排的选择。整个七月，每个周日晚上及所有他能找到的闲暇时间，都被他用来讨论如潮水般涌来的规划和计算。最后大概定下来，他们带着她的母亲，到某个"南方的海滨"（这是个听起来让她满意的词）去，他们必须共同出钱；但由于他的反反复复、犹豫不决，她已感到疲惫不堪，前景黯淡。这已变成他唯一的话题，他最严肃的谨小慎微和最心平气和的玩笑是不变的主题，每一次闲聊最终都会回到对这个话题的反复思考上，每一个初露端倪的预兆都会被毫不留情地拔去。他很早就宣称——从那时起就把整件事定义为他们的"计划"，他操作这个计划就像一个财团对付一个中国人或对付一笔贷款——必须仔细考虑这个问题，而他已渐渐地收集了很多信息，这让她感到好奇，甚至一点儿也不加掩饰地让他知道她的不屑。当她想到另一对恋人正兴高采烈地生活在危险之中，她不禁再次问他为什么不听天由命冒险一次。然后她得到的答案是他为他的深思熟虑感到自豪，并且他比较过拉姆斯盖特 [①] 和伯恩茅斯 [②]，甚至布伦 [③] 和泽西岛 [④]——因为他有极妙的想法——把握这些细节能让他将来有一天在事业上走得更远。

在她见过埃弗拉德上尉后时间越久，她被"判定"——她想用这个词——要经过钱伯斯庭园的次数就越多；这是在百无聊赖的八月和漫长而又悲伤的黄昏里，她能够独自享受的唯一乐趣了。她很早就知道这毫无意义，虽然这样毫无意义的行为也没几次了，当距离她要离开的时间越来越近时，她每天都对自己说："不，不——不是今晚。"她从没有错过自己每天的自言自语，就像她从没弄错过自己的感觉，在她使劲听也听不到的某个更深的地方，有人说话像稻草那般微弱，也许有人想要在八点听到这些说话，但她的命运却准确无误地宣告在八点十五分它对这些言论已没兴趣了。言论归言论，而且对此非常重要；但命运是命运，这位年轻女士的命运就是在工作日每晚走过钱伯斯庭园。在她关于世界上的生命的广博知识之外，在这些场合有一个特殊的记忆在闪亮：八月和九月的时候，在这个地区，当你在经过市镇

---

① 拉姆斯盖特（Ramsgate），英国国际港口。
② 伯恩茅斯（Bournemouth），英国最美的旅游城市之一。
③ 布伦（Boulogne），法国西北部港市。
④ 泽西岛（Jersey），英国海峡群岛中最大和最南端的岛屿，地处不列颠群岛与欧洲大陆之间，是英国的海外领土而非英国本土的一部分。

时为了某事或其他事而被发现，是一件相当令人愉悦的事。总有人经过，也总有人会看见其他人。出于对这一微妙规律的完全认同，她坚持走这条最可笑的环形路绕道回家。一个和煦温暖、无聊乏味、平淡无奇的周五，当有件小事耽搁了她，让她离开库克店的时间比往常稍晚了一些时，她预感到长久以来一直盘踞在她心头的某个不确定的可能性最终就要惊人地出现在她身上了，尽管让这一可能性得以呈现的这个时刻完美得如同梦中产物，而非现实。就在面前，她看到了空旷孤寂的街道，苍白的街灯点亮了夜幕还没完全降临的黄昏，像极了画中的景致。在这宁静的暮光之中，一位绅士出现在钱伯斯庭园的门阶上，眼神迷离地凝视着我们年轻的女士越走越近。她瘦小的身躯剧烈地颤抖着，但又极力地压制；刹那间一切都变得美好而清晰；她原先的不确定消失了，并且因为她是如此熟悉命运，她感到似乎固定在它上面的那颗钉子都被埃弗拉德上尉等待她时那长久的凝视给敲进去了。

门厅在他身后敞开着，门房跟她上次偷偷进来窥视时一样不在场；他正要出门——还待在城里，穿着粗花呢套装，戴着硬顶礼帽，但是处于两段旅程当中——他脸上厌倦的神情和茫然不知所措的样子说明了一切。她很开心，因为她之前从没有以这种方式跟他见过面：她欣喜若狂地体会着他没有想到她经常经过那里所带来的好处。她迅速做出决定，他一定以为这是第一次并且是最最奇妙的机会：这的确是，但同时她也很好奇他能不能认出她或注意到她。她本能地知道，最初引起他注意的并非库克店的年轻女店员，而是任何一个相貌不算太丑的迎面走来的年轻女子。

啊，但当她走到门口时，他再次长时间仔细地观察她，显然他终于愉快地想起并认出了她。他们不在路的同一侧，但狭窄又安静的街道恰巧为这小而短的戏剧般的相遇提供了一个绝好的舞台。故事还没结束，远远没有，即便他已从对面发出她听过的最爽朗的笑声，并轻轻抬了抬帽子，说了声"晚上好"。他们相遇的下一分钟也不意味着结束，虽然站在马路中间有点害羞有点尴尬，她只要走三四步就能准确无误地打开局面——不是从她来的这边继续往前走，而是走回到钱伯斯庭园的入口去。

"我一开始没认出你。你在散步吗？"

"哦，不，我晚上不散步！我下了班正要回家。"

"哦！"

除了微笑和他的惊叹，这就是他们之间的全部交流了。一时间，他似乎没有什么好补充的了，他们只好四目相对，从他的态度来看，他似乎在犹豫如果请她进去是否合适。事实上在这期间，她觉得他真正的问题只是在于"怎样才算合适"，这只是个简单的合适度的问题。

第十五章

　　她不记得之后她是怎么解决这事的，她只知道当时他们很快就向前走，虽然有些暧昧，但还是离开了灯火通明的前厅和空无一人的楼梯，继续一起走在街上。也许没有明确的应允，两人都没有说什么粗俗的话；日后她能回想起来的就是在那一分多钟的时间里他接受了她的反对，虽然她表达她的想法时没有一点骄傲或声响或接触，即在"笼子"外，她也许还是那个普通的女店员，虽然她认为她不是。是的，这很奇怪，事后她认为，这么多来来往往的人，没有人受到无礼或憎恨的干扰，没有可怕的字条。他没有像她说的那样恣意妄为；并且，因为不想背叛感情，她也没有自作主张。但是在当时，她不禁猜想这是什么意思呢？如果他和布拉登夫人所持续的关系如她所想，他大可发展任何一段私密关系而不必感到拘束。这是他留给她要处理的问题之一——像他这种与别的女人坠入爱河的人是否还能邀请女孩子到他们的房间。他这种人可以这样做而不会招致她这种人称他们为"对爱虚伪"吗？她已经看到正确答案了，在任何情况下她这种人都不会介意——不会看重不忠诚，只会看重其他东西：她应该是好奇的，既然事已至此，不如好好看看究竟如何。

　　在夏日的黄昏一起漫步在空无一人的梅费尔的一角，他们发现自己最终来到正对着公园其中一个小门的地方；对此他们并没有多说什么——他们在谈论其他事情；他们一起穿过街道走进公园，并在一张长椅上坐了下来。这时她心里对他抱有一个极大的希望——希望他不会说出任何庸俗的话。她知道自己是什么意思，她指的是那些跟他的"虚伪"无关的事。他们的长椅就在离公园门口不远的地方，附近是公园巷的围栏、斑驳的街灯、呼啸而过的出租车和巴士。一种奇怪的情绪向她袭来，她的确感到在兴奋之余还是兴奋；最重要的是他没有利用她测试他的机会，这让她感到真心的欢乐。她有强烈的渴望想要让他了解真正的自己，但不是通过直接告诉他这种低级的做法；而从他没有抓住那些任何一个普通男子都会鲁莽误入从而犯错的机会的那一刻起，他已开始对她有所了解。这些都是表面现象，而他们的关系在这背后，在这下面。一路上她并没有问及他们这是在做什么，因此当他们一坐下后她就直奔主题。她的时间，她所受到的约束，邮局里的各种服务条件，成为——偶尔谈到他的邮政资源和选择——他们当晚谈话的主题。"好了，我们到了，这里也许很好，但你知道这远不是我要去的地方。"

"你要回家？"

"是的，我已经太迟了。我要回去吃晚餐。"

"你还没吃？"

"确实没有！"

"那么你什么都没吃……？"

他突如其来的极度关切让她笑出了声。"一整天？是的，我们的确吃过一顿。但那是好几个小时前了。因此我必须马上跟你说再见了。"

"哦，天啊！"他惊呼，他的语调古怪而滑稽，但又给人温柔的感觉和明显的忧伤——总之，是一种在此情况下无法得到缓解的、无助的坦诚。她当场就确信她看清了他们之间的巨大差别。他用最亲切的眼光看着她，但还是没说出她早就知道他不会说的话。她知道他不可能说"那么跟我一起吃晚餐吧"，此事得到验证让她觉得她已享受了一场盛宴。

"我一点都不饿。"她继续说道。

"啊，你一定非常饿了！"他回答道，但还是安坐在长椅上，仿佛这一点也不会影响他度过他的夜晚。"我一直以来都想找机会感谢你为我不厌其烦所做的一切。"

"是的，我知道。"她回答。她说这话时深以为然，一点也没有假装听不懂他话里有话。她立刻看到他非常惊讶，甚至对她如此坦率地接受他的感谢有些困惑；但对她自己来说，在这稍纵即逝的几分钟内——它们可能再也不会回来——她所承受的所有麻烦就像放在她腿上的一小堆黄金。当然他会看到，会把玩，甚至会拿起几块。但是如果他明白任何事的话，他就明白一切了。"我认为你已经极大地感谢过我了，"被看成在那里闲逛等待报答让她深感恐慌，"非常奇妙！就那么一次你竟然会在那儿！"

"就那么一次你经过我住的地方？"

"是的，你可以想象我没有多少时间可以浪费。今晚正好有个地方要造访。"

"我明白，我明白……"他已经对她的工作很了解了，"这真是件苦差事——对女士来说。"

"的确是。但我认为我的抱怨并没有比我同事多，而且你也看到他们并不是女士！"她温和地开着玩笑，但有所用意。"人总是会习惯的，并且有些工作我可能更讨厌。"她对于如何具有最低限度不让他感到无聊的魅力有着最佳的见解。哀叹或者历数她所受的委屈是酒吧女招待或是女店员会做的，要是像她们中的一个一样坐在那儿可真让人难以忍受。

"如果你从事另一个职业，"过了一会儿他开口道，"那我们就没机会认识了。"

"非常有可能，而且也不会以同样的方式。"然后，带着她膝上的那堆黄金以及她高昂着头时神情里的那点骄傲，她继续坐着，只是对他微笑。夜色现在更浓了，星星点点的街灯颜色都变红了。在他们面前，公园里满是模糊朦胧的人影；其他长椅上也坐着其他几对伴侣，大家互相都看得见，但谁也不可能去看。"我绕道陪你走了那么久只是想告诉你那个……那个……"她停顿了一下，毕竟，这不太容易表达，"任何你考虑的事情都是非常真实的。"

"哦，我考虑了很多事情！"她的同伴笑了起来，"你介意我抽烟吗？"

"为什么介意？你总是在那儿抽烟。"

"在你那儿？喔，是的，但这里不一样。"

"不，"她说，同时他点上一支烟，"没什么不同，它们完全一样。"

"好吧，那是因为'那儿'非常美妙！"

"那么，你意识到它是多么美妙了吗？"她回了一句。

他猛地转过他那英俊的脑袋疑惑地抗议道："怎么，这正是我要感谢你的不辞劳苦的用意所在。倒是你好像对此有特殊的兴趣。"听到这个回答她只是看着他，在这突如其来的尴尬之中，她只能保持沉默。当她清醒过来时，他正试图茫然地解读她的表情："你有……不是吗？……特殊的兴趣？"

"喔，特殊的兴趣！"她颤抖着，觉得整件事情——她眼前的尴尬——不折不扣地将她打败，并且她也希望这突然的害怕能使她的情绪更加冷静一下。她将自己固定的笑容保持了一会儿，然后把眼睛转向人头攒动的黑暗之中，不再困惑，因为这里有更让人困惑的事。匆忙间，这只是个简单的事实——他们在一起。他们靠得很近，很近，所有她曾想象过的事都如此真实地发生了，更加可怕，更加彻底。她瞪直了双眼沉默不语，直到她感到自己看起来就像个白痴；然后，想要说点什么或者什么都不说，她试图发出点声音，最终却涕泗滂沱。

第十六章

　　她的眼泪确实帮她很好地掩饰了她的感情，因为她曾多次在公共场合迅速地平复自己的情绪。眼泪来得快，去得也快，顷刻之间她迅速做出解释："我只是太累了。就是这样，就是这样！"然后她又说了句有点不着边际的话："我不应该再见你了。"

　　"啊，但为什么呢？"她的同伴这一问中担忧的口吻就已经让她感觉很宽慰了，因为她仅仅靠一些想象来相信他，但作用不大：她对库克店仅存的一点热情的真正意图，在他触及的地方已消失殆尽。但任何的不足都不是他的过错，他并不是非得如此不明智——智商和美德都降低了一个档次。看来他几乎真的相信了她流泪只是因为疲倦，并且他也提出了令人困惑的请求："你真的应该吃点什么，你想在其他地方吃点什么吗？"对此她没有作答，只是狠狠地摇了摇头以示回答。

　　"为什么我们不能继续见面了？"

　　"我是指像这样见面——单指这种方式。在我工作的地方——那与我无关，我希望你能常去，带着你要发送的信件。我的意思是无论我在或不在，因为我很有可能不在。"

　　"你要到其他地方去？"他的语气里满是迫切的焦虑。

　　"是的，离这儿很远——到伦敦的另一端。各种缘由我无法告诉你，这事已经定了。对我来说是好事。我继续留在库克店里只是为了你。"

"为了我?"

在暮霭中可以看得出他有点脸红,她不禁思忖他什么时候才能知道得多一些。多一些,她现在这么说;对她来说,只要他能够待在原地她就很满足了。"因为过了今晚我们就不能像这样说话了——再也不能了! ——就是如此,我说过了,我不管你会怎么想,没有关系,我只想帮助你。另外,你太善良了——你太善良了。很久以来我就考虑要永远离开这里。但你又常常来——时常地——而且总有许多事要做,这一切既有趣又开心,所以我一直没走,一次又一次地推迟变动。不止一次地,当我下决心要走时,你又出现了,于是我想:'哦,我不能走!'事情就是这么简单!"这一次她彻底地放下了困惑,笑着说:"这就是为什么刚才我会对你说'我知道'。我完全明白你知道我为你费心做的事;这一切对我来说只是为你,就像我们之间有着某种东西——我不知道怎么描述它! 我是说某种不同寻常的美好的东西——一点也不可怕或是粗俗。"

这时她清晰可见这番话对他产生的影响,但她会对自己说实话,如果同时她宣称她一点儿都不在乎的话:这个影响一定是非常让人困惑的。虽然对他来说,显而易见的是他极其高兴能遇见她。她令他着迷,并且他疑惑于这迷人的力量来自何方;他专心致志、心无旁骛地深入思考着。他的手肘靠在椅子背上,头上的大礼帽孩子气似的往后推,露出她几乎是头一次真正见到的额头和头发,原先揉搓着手套的手现在支撑着他的头。"是的,"他附和道，"一点也不可怕或是粗俗。"

她犹豫了一会儿，然后说出了全部的事实："我会为你做任何事。我会为你做任何事。"在她的一生中她从未知道还有这么崇高而美好的行为，只是让他拥有而自己却勇敢而高贵地离去。难道不是这个地方、他们之间的关系及他们所处的氛围恰好让它听上去像真的一样？难道这不正是美妙之处吗？

所以她要勇敢而高贵地离去，渐渐地她感到他有些坐立不安，好像他们坐在闺房的缎面沙发上。她从来没见过闺房，但在电报里随处可见。她所说的话给他留下了深刻的印象，因此一分钟后他简单地做了个动作，把他的手放在她的手上面——她立刻感觉到她的手被紧紧握着。她既不需要投桃报李，也没有必要拒绝；她只是心满意足地、非常沉默地坐着，任凭他惊讶和困惑。他较之前更加激动了，总之，超出了她最初的预料。"啊呀，你应该知道，你不能考虑离开的！"最后他脱口而出。

"你是说离开库克店？"

"是的，你必须待在那儿，无论发生什么，并帮助一个人。"

她沉默了一会儿，某种程度上是因为感到他看她时仿佛这确实对他很重要，而他几乎是焦躁不安的，这种感觉既古怪又微妙。"那么你十分清楚我为你所做的事？"她问道。

"怎么，我不正是为了这个才从门口冲出来向你表示感谢的吗？"

"是的，你是这么说的。"

"而你不相信？"

她眼睛向下看了一会儿他的手，他的手还盖在她的上面；他随后马上把手缩回去，有些不安地交叉起双臂。她没有回答他的问题，而是继续问："你曾向别人说起过我吗？"

"说起你？"

"有关我在那儿工作——有关我所知道的，等等，这一类的事情。"

"喔，从来没有跟任何人提起！"他急切地宣称。

她的心暗暗沉了沉，她并没有表露出来，只是停顿了一下；之后她又回到了先前他问的问题。"哦，是的，我非常相信你喜欢这样——我一直在那儿，并且我们处理事情很熟悉、很顺利，即便不是正好在我们放下它们的地方，"她笑着说，"至少几乎总是在一个有趣的地方！"他正想说点什么回答她，但她善意的快乐却抢先一步。"你一生中想得到很多东西、很多安慰和帮助，以及奢侈的享受——你想要尽可能愉快地得到一切。因此，只要有个特别的人有能力帮你达成所愿……"她把脸转向他微笑着，一边却在思考。

"噢，听我说！"但他乐不可支。"那么，然后会怎么样呢？"他询问道，仿佛为了迁就她。

"怎么，这个特别的人必须从不出错。我们总能设法帮你应付过去的。"

他把头向后仰，笑了出来。他真的很兴奋。"哦，是的，设法！"

"这个，我想我们都这么做了——不是吗？根据我们有限的了解，以一种方式或另一种方式。至少我为自己感到高兴，你也高兴；因为我让你确信我已尽最大努力了。"

"你做得比其他任何人都好！"他擦亮火柴点燃另一支香烟，燃烧的火焰瞬间照亮了他易感的、完美的脸庞，并放大成愉快的鬼脸，他善意地以此向她致谢。"你非常的聪明，你知道的；聪明得多，聪明得多，聪明得多！"他看上去在做一个重要的声明；然后，他突然吸了口烟，在座位上剧烈地移动了一下，又重重地靠在椅背上，同时吐出一口烟圈。

第十七章

不管这个停顿，如果并非这个原因，她感到似乎布拉登夫人，除了名字，真的出现在她面前。她为此几乎走神了好一会儿才回过神来。"比谁聪明得多呢？"

"喔，如果我不怕你说我夸张的话，我想说——比任何人！如果你要离开这里，你会去哪里呢？"他用更加严肃的口吻问道。

"哦，那个地方太远了，你找不到我的！"

"无论哪里我都能找到你。"

这语调还是相当严肃，她对此心存感激。"我会为你做任何事——我会为你做任何事。"她重复道。她觉得她已经说得很清楚了，因此多做一点或少做一点又有什么关系？这就是为什么她能用一个轻松的话题，大体上为他减轻了由于他自己或是她的严肃所造成的尴尬。"当然，你能认为人们都和你想的一样对你来说是件好事。"

即便对此表示赞赏，他仍然只是抽着烟没有看她。"但你并不想放弃你现在的工作？"他最后问询道，"我是说你还会在邮局工作？"

"哦，是的。我想在这行我是个天才。"

"的确！没人能比得上你，"他再次转向她，"但你会得到更多的好处吗?"

"是的,在郊区,更便宜的房子。我和妈妈住在一起。而我们需要更多空间,那个特别的地方还有其他的有利条件。"

他迟疑了一下。"在哪儿?"

"哦,离你远着呢,你不会有时间的。"

"但我告诉你我能去任何地方,你相信吗?"

"相信,也许一次或两次吧。但很快你就会发现这不现实。"

他一边吸烟一边思考着,稍稍伸了伸腿,让自己更舒服些。"好吧,好吧,好吧——我相信你说的一切。我接受任何安排——只要你喜欢——以任何最特别的方式。"这显然打动了她,而且几乎没有任何痛苦,因为她已经像一个老朋友一样,以最非同寻常的方式并尽她所能为他准备好了完美的安排。"别,别走!"他接着说,"我会非常想念你的!"

"因此这是你的明确要求?"——唉,她多么想摆脱这场谈判中的所有困难啊!这本来应该是很容易的,但她究竟做了什么样的安排呢?还没等他回答她又继续说道:"公平起见,我应该告诉你我清楚库克店的一些迷人之处。有你们这样的人来。我喜欢这些可怕的事。"

"可怕的事?"

"你们所有人——你知道我指的圈子,你们的圈子——让我觉得我就是个信箱。"

他看起来对她说话的方式非常兴奋。"哦唷,他们不知道!"

"不知道我并不傻?不,怎么会呢?"

　　"是的，怎么会呢？"上尉同情地说道，"但是'可怕的事'是否太过分了？"

　　"你所做的才是太过分！"女孩脱口而出。

　　"我所做的？"

　　"你的挥霍，你的自私，你的缺德，你的罪恶。"她继续说，没有留意他的表情。

　　"我说！"她的同伴露出非常奇怪的眼神。

　　"我喜欢他们，就像我告诉过你的——我对他们着迷。但我们不必深入调查，"她静静地说下去，"我所得到的只是无伤大雅的了解的乐趣。我知道，我知道，我知道！"她轻轻地低语。

　　"是的，你我之间也是这样。"他的回答更言简意赅。

　　她可以在沉默中享受他的简单，有片刻时光她也的确这么做了。"如果我因为你的坚持而留下——我可以做到——那么有两三件事情你应该记住。第一，你知道，我在那儿有时几天或几星期你都没有来。"

　　"哦，我会每天都来！"他叫道。

　　对此她正要用手模仿他刚刚的动作以示反驳，但她克制住自己，因为用平静的方式表达并不愁没效果，故而她说道："你如何能做到？你如何能做到？"他显然只能以世俗的眼光、沮丧的心情眼睁睁地看着，心里却明白自己做不到；他唯一能做的只有沉默，而此时，一切他们原先从未确定的事情，他们所关注的所有存在都已尘埃落定。这就好像在这一会儿时间，他们坐着并在对方的眼里看到了一切，他们看到的太多，因此没有必要再听到什么了。"你的危险，你的危险——！"她的声音颤抖着，而在这一刻，她也只能说这么多了。

这时他往后斜靠在长椅上，面对着她不说话，脸上浮现出更加奇怪的表情。这表情如此古怪，让她片刻之后忍不住站了起来。她立在那儿，仿佛他们的谈话已经结束了，而他还坐在那儿看着她。现在看起来好像——由于他们引入了第三者——他们必须更加小心，因此最后他说："事情就是这样！"

"事情就是这样！"女孩小心谨慎地回答。他还坐着，而她补充道："我不会放弃你。再见。"

"再见?"他恳求道，但还是一动不动。

"我并不太清楚如何去做，但我不会放弃你，"她重复道，"那么，再见了。"

这让他猛地站了起来，把香烟一扔，可怜的脸涨得通红。"听我说——听我说！"

"不，我不会放弃，但我现在必须离开你了。"她继续说着，仿佛没听到他的话。

"听我说——听我说！"他试图从长椅旁再次抓住她的手。

但这一举动仿佛帮她下定了决心。毕竟，这就像他邀请她一起共进晚餐一样糟糕。"你不能跟着我——不，不！"

他重重地往后坐下，十分茫然，仿佛她推了他一把。"我不能送你回家吗?"

"不，不，让我走。"他看上去几乎像是被她击中了一样，但她并不介意；而她说话的方式——好像她的确很生气——有一种命令的语气。"待在那儿别动!"

"听我说……听我说!"他无可奈何地请求。

"我不会放弃你!"她再次叫出声——这一次非常有激情;随即她飞快地离去,只留下他呆呆地看着她的背影。

第十八章

　　马奇先生最近太全神贯注于他们伟大的"计划"了，有那么一阵子他没顾上考虑她换工作的事；但现在在伯恩茅斯，在这个千挑万选出来的地方度假，所有的干扰暂时都抛到一边——稍纵即逝的快乐为当前头等大事。旅行计划正一步步地进行，而对女孩来说，这更像是一种休息。此时她正坐在码头上俯瞰着大海和浪花，看着它们升腾在玫瑰色的雾气中，渐渐地感到需要解密的事情越来越少了。这一周过得十分轻松惬意，她的母亲在他们租来的屋子里——既避免尴尬又为了让她安心——跟房东太太待在一起，给小两口单独在一起留出了足够的空间。这个亲人在伯恩茅斯的一周时间里，天天泡在闷热的后厨房里与房东太太唠唠叨叨，自得其乐；到这程度，即便马奇先生本人也不得不对此表示感叹，尽管他习惯于对所有不解的事都要追根究底弄个明白，乃至于有时他自己也承认，对有些事会考虑过多。有时他正和他的未婚妻坐在悬崖上，有时又是在蒸汽船的甲板上，幸福满满地正准备前往怀特岛和多赛特海岸。

　　他住在另一所房子里，他飞快地学会时刻睁大眼睛，并且他公开怀疑彼此间的纵容起源于不自然的社会关系。同时他完全意识到，让他焦虑的还有，姑且不说花费，他未来的岳母会把跟随着他们看得比答应女房东使用诸如茶叶罐和果酱瓶之类更重要些，这些都是问题——这些熟悉的商品——都是他需要衡量的；而他的未婚妻也随之在她的假期中，兴味索然地对这开始还兴致勃勃、结果却颇为扫兴的假期产生了奇怪中夹杂着愉悦和几乎无精打采的感觉。她感到一种奇异的颓废，听任自己陷入平静和对过往的回忆。她既不想走路也不想乘船；能坐在长椅上眺望着大海什么都不想，任凭海风吹拂过脸颊，而不用待在库克店里看着柜台业务员的嘴脸，对她来说已经很满足了。她好像还在期待着什么——某种能解决他们对这一周该到地图册上的哪片范围溜达的无休止讨论的答案。最终这一结果出炉了，但可能并非最令人满意的决定。

但是，准备和预防，如自然界的花朵般根深蒂固在马奇先生的脑海里，并且如果它们在一个地方凋谢了，它们不免会在另一个地方盛开。最坏的打算，他总是可以把原定于周二乘斯沃尼奇船的计划改到周四，并把周四订的碎腰花改到周六享用。除此之外，他还有一种与生俱来的倔强，如果有什么地方他们本应该去或有什么事本应该做却没有达成所愿时，他会追根究底，不达目的不罢休。总之他有他的优点，而他的心上人却从没有意识到这些；另一方面也是因此他们才能彼此相安无事。她想按自己的方式生活——如果可以的话。她可以毫无痛苦地接受经济上紧巴巴的日子，即便是付了去码头的一点通行费就没有钱去其他地方玩了也不在乎。在雷德乐店和斯拉普店度假的人有他们享乐的方式，但她只能坐着听马奇先生唠叨如果他不洗澡他能做什么，抑或是如果他什么事都不做的话他还能去洗澡。当然，他总是跟她在一起，总是在她身边；她每"时"每刻都能看见他，比以前还频繁，甚至比他为她在乔克农场制定的活动计划还多。她宁愿坐在角落里，远离嘈杂的乐队和人群；在这点上她和她的朋友有很大的不同，后者不断地提醒她他们赢回的钞票有多么厚。她对此无动于衷，因为她所赢回的金钱在于她见识了许多事情，过去一年发生的事情交织在一起，把忧郁、痛苦、激情和努力都转化为她的经验和知识。

她喜欢就此了结跟他们的关系，就像她使自己确信她已这样做了，奇怪的是她既不想念游行队伍，也不希望保留她在其中的位置。它就在那儿，在阳光下，在微风中，带着海的气息，一个遥远的故事，别样的人生画面。如果马奇先生本人喜欢游行，喜欢在伯恩茅斯及码头上的游行，就像在乔克农场或其他地方，她应该学会不要担心他无休无止地数着队伍中的人数。特别是那儿有些可怕的妇人，通常很胖，穿戴着男人的帽子和白鞋，这些都是他不会放过的——而她并不在意；这不是那个花花世界，那个属于库克店、雷德乐店和斯拉普店的世界，但它为他的记忆能力、哲学思想和娱乐方式提供了无尽的空间。她从未像现在一样这么包容他，从未这么成功地让他喋喋不休而她自己却在进行秘密谈话。她是在和自己说话；如果他俩要比赛谁惜字如金的话，她一定是赢家，轻易就能用几个字引出他气定神闲的长篇大论。

他醉心于这一连串的风景，不知道——或者至少他没有表现出他知道——除了戴海军帽的女人和穿法兰绒上衣的伙计外，她的脑子里还塞满了什么样的人。他所观察到的这些类型、他对演出的评价，都是为了回家对她描述乔克农场的景象。有时她怀疑他在库克店工作的那段时间可能得到的启发真的很少。但有一天晚上，当他们的假期顺利地即将结束时，他向她证明了他的实力，这让她对自己以前的小心眼感到很惭愧。当其他事情都处理好后，他喜形于色地拿出他留到最后的东西。这是一项声明，告诉她他终于为结婚做好准备了——他看到了自己的前途。乔克农场为他升职，他将成为生意伙伴，同时为他带来在同行中最可观的资本，足以让他成为有头有脸的人物。因此他们的等待即将结束，剩下的就是确定日期的问题了。在回去前他们要把日子定下来，同时他还看中了一座温馨的小屋。下个星期天他就要带她一起去看看。

第十九章

他把这个重大消息保留到最后，对此秘而不宣，即便在他喋喋不休的闲聊及他们在一起的大把休闲时光中也没透露一点风声，这对她产生了不可估量的影响，不禁让她对他刮目相看。之前他以一己之力制服了醉酒的士兵就已让她看到他的潜力，而这次的升职更是他实力的明证。此时她静静地听了一会儿远处飘来的一段音乐；以前还不太清楚，但现在完全确定了她的未来是什么样的。马奇先生无疑就是她的未来；然而此刻她把脸转向远离他的另一边，只让他看见一部分脸颊，直到她再一次听到他说话。他并没有看见一行眼泪正从她的脸庞滚落，这也是她没有立即回答他的询问的原因，但他冒昧地表示希望她已在库克店干腻了。

她最终转过身来。"哦，是的。那儿不过如此。除了在斯拉普店的美国人你看不到其他人，但他们玩得也不多。他们好像在这个世上没有秘密。"

"那么你给我的那个继续在那里工作的特别理由就作废了？"

她思考了一会儿。"那理由，是的。我已看穿了里面的把戏——我掌握了他们所有的秘密。"

"所以你准备来我这儿了？"

她还是沉默了一会儿。"不，还没有。我还有一个原因——

另外一个不一样的原因。"

他上下打量她，仿佛她藏了什么东西在嘴里，在手套里或在夹克里——她还没说出的东西。"好吧，我洗耳恭听。"

"有天晚上我跟一位绅士出去坐在公园里。"她最后终于说出来了。

她的话里听不出像他一样的信心，她也奇怪为什么自己不生气。对他说出没其他人知道的所有真相只让她感到轻松，如释重负。她现在只想这样做，而且虽然她这么做根本不是为了马奇先生，只是为了她自己。这个事实丰富了她即将抛诸脑后的经历，蔓延并着色成一幅她应该珍藏的只有她自己才真正看得见的图画。此外，她并不想引起马奇先生的嫉妒心；这也不是为了娱乐，因为她知道娱乐的低级趣味会毁了她。这里面更没有物质的成分。奇怪的是她从未怀疑过如果操作得当，他的激情也会变成毒药；事实是他精明地选择了一个无毒素可提取的伴侣。她明白她不应该对任何人感兴趣，因为他人的情感、更高的眼光都未必会让他产生妒忌。"那么你从中得到什么呢？"他关切地问，仿佛听不出一点自尊。

"没什么，就是找个机会告诉他我不会放弃他，他是我的一个客户。"

"那么他也不会放弃你。"

"嗯，他不会。这没关系。但我必须在那儿以防他需要我。"

"需要你跟他坐在公园里？"

"也许他想让我这么做——但我不会。我也喜欢，但在这种情况下，一次足够了。我可以以其他方式为他做得更好。"

"什么方式呢？快告诉我。"

"在其他地方。"

"其他地方？——哦唷！"

埃弗拉德上尉也曾这样叫喊过，但是，唉，他的叫声完全不同！"你不必这么喊叫——根本没什么好说的。而且你也应该知道。"

"我当然应该。但我该知道什么呢——到目前为止？"

"怎么？我刚刚都已经告诉你了啊。我会为他做任何事。"

"你说的'任何事'是指什么？"

"每件事。"

对这句话马奇先生的直接反应就是从口袋里掏出一个小纸包，里面是剩下的半磅各种各样的零食。这些零食在他的旅行计划中扮演非常重要的角色，但在最后三天里它们显然只是奶油夹心巧克力。"吃一个吗？拿这个。"他说。她拿了一个，但不是他指的那个。然后他接着问："之后又发生了什么？"

"之后？"

"当你告诉他你会为他做任何事后，你做了什么？"

"我就离开了。"

"离开公园了吗？"

"是的，把他留在那儿。我没让他跟着我。"

"那么你让他做什么？"

"我没让他做任何事。"

马奇先生想了一会儿。"那么你为什么去那儿呢？"他的语气里有些许责备的口吻。

"当时我也不清楚。只是想跟他在一起——就一次。他有危险，我想告诉他我知道。这让与他的见面变得更有趣。在库克店里，这也是我为什么留在那儿的原因。"

"对我来说这更有趣！"马奇先生毫无顾忌地表明。"但是他没跟着你？"他问道，"我会这么做！"

"当然。当初你就是这么做的，你记得吗？你真是比他差劲。"

"好吧，我亲爱的，你不比任何人差。你真有脸！他有什么危险呢？"

"正在被人发现。他爱上了一位女士——这是不合适的，我正好发现了。"

"那我可要当心了！"马奇先生嘲笑道，"你是说她有丈夫？"

"不管她有什么！他们的处境很危险，但他的更糟，因为他还有来自她的危险。"

"就像我的危险来自你——我爱的女人？如果他和我一样遭受同样的恐惧……"

"他的处境更糟。他不仅仅害怕那位女士，他还害怕其他东西。"

马奇先生挑了另一根夹心巧克力。"瞧，我只害怕一个！但是你究竟要怎么帮助他？"

"我不知道……也许根本不用。但既然有这么个机会……"

"你不会离开？"

"不会，你必须等我。"

马奇先生很享受他嘴里的食物。"那么他会给你什么？"

"给我？"

"如果你确实帮了他。"

"不，他什么都不会给我。"

"那么他会给我什么呢？"马奇先生问道，"我是说为了等待。"

女孩沉思了片刻，然后她站起来走开。"他从未听说过你。"她回答。

"你没有提过我？"

"我们没有谈论过任何事。我告诉你的都是我自己发现的。"

还坐在长凳上的马奇先生抬头望着她；以前当他提议散散步时，她总是喜欢安静地坐着，而现在他更想坐着的时候，她却想要走动了。"但你还是没有告诉我他发现了什么。"

她面对她的情人斟酌着。"他没有发现你，亲爱的。"

她的情人还坐在座位上，以一种她上次离开埃弗拉德上尉时相同的态度但不同的感觉请求道："那么我该怎么配合你呢？"

"你完全不必出现。这才是精彩的地方！"说完她就加入了站在乐队周围的人们的行列。马奇先生立刻追上她，轻轻用力挽住她的手臂，平静地显示自己的拥有权；同样的，直到当晚他们在她门口分开时，他才重又提起她之前告诉他的话题。

"之后你有没有再见过他？"

"自从在公园的那晚之后？没有，一次也没有。"

"哦，他可真是个无赖！"马奇先生说。

第二十章

直到十月底她才又一次见到埃弗拉德上尉，这一次——所有见面中这是唯一一次受到彻底阻碍的会面——证明了不跟他交谈也是可能的。即便在"笼子"里，她也能感觉到这是一个迷人的金秋之日：一小片朦胧的秋日阳光挥洒在沙地上，当日头渐渐升高时，很快就变成一排明亮的、如瓶装糖浆般血红的艳阳。工作是懒洋洋的，门庭也很冷清；就像他们在"笼子"里说的，整个城市还没有苏醒，而且这天气让人很容易联想到其他东西，如果环境更宜人些，她几乎都要以为是圣马丁的浪漫夏日了。柜台业务员去吃午饭了；她正在忙着处理堆积的邮件，这时她突然感觉到埃弗拉德上尉正在店里，而巴克顿先生已看到他了。

像往常一样，他拿着半打电报；当他们四目相对时，他稍稍对她鞠了鞠躬，露出一个夸张的笑容，而她却读出了一种新的感觉。这是一个笨拙的承认，像是告诉她他当然知道应该高昂着头，他应该想办法找借口等待，等她把手头的事做完。巴克顿先生处理他的业务花了很长时间，而她也正为其他顾客服务；因此他们之间除了沉默没有其他交流。她从他脸上看到的神情是问候，另一个则是在离开前丢给她的简单的眼神。因此，他们之间这样交流的意义就是他心照不宣地同意她的请求，既然他们无法做到坦诚，那就什么都不必做。这是她强烈要求的；她可以和别人一样平静而冷漠，如果这是唯一的解决方法。

但是与迄今为止他们曾有过的接触不同，这些计数的时间让她觉得他们的关系又上了一个台阶：这一关系建立在——就是那么一瞬——他对她的认知上，即无论做什么她都会帮他，他明白无误地知道这一点。在公园里她对他说的"任何事，任何事"在他们之间来来回回地回荡着。最终他们甚至拙劣地装出他们不需要找任何借口就能自如地对话：他们以前在邮局的装模作样、你问我答以及付钱找零时的强烈暗示，在经过那晚后已变得毫无必要。仿佛他们之前总是见面——这给他们的再次见面带来了巨大的影响。当她回忆那晚的情景时，她看着自己从他身边走开，好像给他们之间的关系做了个了断，她对自己一本正经的态度感到有点遗憾。难道她没有明确地让彼此意识到他们之间的关系只有到死才能结束？

必须承认的是，除了这个勇敢的边缘，在他离开后，她的心里还是留有一股怨气；这股怨气很快变成了对巴克顿先生更强烈的憎恨，后者在她的朋友离开后就拿着电报给发报员，而留给她另外的工作。她确切地知道，当她把它们存档时，她要找个机会看看这些电报；随着时间的流逝，她现在只有两个印象，一些是已丢失的，一些是要重申的。首先围绕着她而她之前一直都不知道的，是想要直接站起来，抢在渐行渐远的秋日午后之前离开店里奔向公园，也许还能再次跟他一起坐在长椅上。有那么一段时间她一直在幻想他会去那儿坐着等她。透过滴答的发报声，她几乎能听见他不耐烦地用手杖搅动着十月金秋的落叶。为什么在这一刻她被这样一幅画面打动了呢？现在还有时间——从四点到五点——她开心而又愤怒地叫了起来。看来快到五点时业务多了起来，也许是城市这时候苏醒了吧；所以她有更多的事要做，她快速地贴邮票处理邮件：她一边使劲捏着单薄的汇票，一边轻声自言自语："这是最后一天——最后一天！"什么最后一天？她无法告诉自己。她现在只知道如果她出了"笼子"，她就一点都不会在意，天是否还不够黑。她会直接去钱伯斯庭园然后在那里一直闲逛。她会等待、停留、按门铃、请求进去，坐在台阶上。对她绷紧的神经来说，这最后一天也许意味着那片金色的阳光，意味着可以看见朦胧的薄阳以某种角度斜照进充斥着难闻气味的店里，意味着他还有机会对她重复在公园里她几乎没让他说出的那三个字。"看这儿——看这儿！"他说这三个字时的声音还一直在她的脑海里回荡，但今天这三个字在她耳边显得十分无情，而且声音越来越大。它们想要表达什么意思？他想要她看什么？不管是什么，她仿佛已看到了——看到如果她能坚决而果敢地抛开一切，他就会为她弥补一切。当时钟敲五下时，她正要对巴克顿先生说她病得很厉害，并且越来越严重。这话就在她的嘴边，她还摆出了一张苍白僵硬的脸准备证明给他看："我受不了了——我必须回家。如果我以后病情好转了，我会回来的。但很抱歉我现在必须离开。"就在这时埃弗拉德上尉又一次站在那儿，他的出现给她混乱的思绪带来了最奇怪也是最迅速的变化。他并不知道他阻止了她的离开，就在他出现的那一刻她感到她得救了。

就在看到他的第一时间，她及时地闭上了嘴。她再次忙于应付其他顾客，他们之间依旧是沉默的状态。事实上，这次他们之间无声的交流要甚于以往，因为她的眼睛带着一种恳求在对他说话。"请安静，请安静！"它们请求道，并且它们看到了他的回答："我会如你所愿；我甚至可以不看你——明白，明白！"他们继续这样以最友好的宽容交流着，但不会互看对方，一点也不。她想要看到的是他徘徊在柜台的另一端，巴克顿先生那一端，对自己的沮丧缴械投降。很快就证明她想要看到的不止这些，她想知道他是怎么在快轮到他时转身走开，踌躇不前，满心期待，抽着香烟，四下张望；他是怎么转而走到库克店自己的柜台前去询问价格，确实当场要了两三个东西并放下钱，长时间地背对着她站着，非常体贴地克制住自己想要用余光看看她是否得空的冲动。最终事情就这样发生了，他在店里逗留的时间比她想象的要长，虽然当他转过身时她看到他在看时间——她又在为新的顾客服务——并直接走向刚处理完一桩业务的她的助手。他手里既没有信件也没有电报，只有刚买的东西，现在他就在她旁边——因为她就在柜台业务员的旁边；她的心都快要跳到嗓子眼了，只看见他看着她的助手并开口说话。她提心吊胆，万分紧张。他要了一份邮局指南，那年轻人甩出了一份新的；对此他说他不希望购买，只想看一下。于是一份供出借的影印本被扔了出来，他再次从柜台前走开。

他在对她做什么？他想从她那儿得到什么？也许，这只是加重了他的那句"听我说！"。此刻她突然有种奇怪而又不祥的害怕他的感觉——这种感觉在她耳边嗡嗡作响，如果这让她感到紧张的话，她就必须离开这里到乔克农场去。带着恐惧和思考，她有了一个想法，如果他真的像他表现出来的那么喜欢她，那么很简单，她会为他做她所承诺过的"任何事"，正如她对马奇先生和盘托出的"一切"。他可能想让她帮他，也许有一些特殊的请求；然而，他的行为举止并没有暗示这些——正相反，他处处显示的是尴尬、犹豫，与想得到帮助相比，他想要她对他更好一些，好过之前的其他时候。是的，他很可能认为他宁愿给予而不想请求。但是，当他再次看到她跟前没有顾客时他还是走开了；当他带着指南回来时，接待他的是巴克顿先生——他从巴克顿先生那儿买了价值半克朗①的邮票。

　　他买完邮票后考虑了一下，又要了十先令的汇单。他不怎么写信却买了这么多邮票，他到底想干什么？他怎么在电报里附上汇单？她希望他下一件要做的事就是到角落里把他的电报写好——写半打——为了拖延他待在这儿的时间。她完全没有看他，因此只能猜测他的举动——甚至猜他的眼睛在看哪里。最后她看到他走向一个角落，那儿有一些表格；她突然觉得自己已经不能坚持下去了。柜台业务员刚从一个女佣手里接过一份电报，并正想递给她，她猛地从他的手里抢了过来，动作太过激烈引得他奇怪地看了她一眼，并且她也感到了巴克顿先生的注意。后者快速地盯着她看了一眼，好像在考虑如果轮到他来抢的话她也许

---

① 克朗（crown），英制货币单位。依英国过去的币制，一英镑等于四克朗，一克朗等于五先令，一先令等于十二便士，也就是一克朗等于六十便士。

不会那么反感吧，而她对这个批评给了一个她此前从未给过的最
坦诚的怒视。这就足够了：这一次他被惊得呆若木鸡，而她昂首
阔步地躲到发报间去了。

第二十一章

　　第二天还是一样，连续三天都是这样；最后她知道该想些什么了。一开始，当她从她的座位上起来，埃弗拉德上尉就离开了；那天晚上他没有再来，而她觉得他可能会再来——这会更容易些，因为从早到晚都有很多顾客，他来不会引起注意。第二天有些不同而且更糟。他倒是有可能接近她了——她甚至觉得这是拜她昨天瞪了巴克顿先生一眼所赐；但是为他办理业务并不是那么简单的事——除了环境严苛，她还需要新的信念。严苛是极为可怕的，并且他的电报——现在已不仅仅是接近她的借口了——显然是真实的，而信念一夜之间就建立了。电文的表达简洁明了；前一天她的脑中灵光一现——感到他不再需要她更多的帮助了，并且他已准备好给予帮助。他到城里来只不过待三到四天，之后他又不得不完全消失；但既然与她面对面相见了，他就会如她所愿尽可能待久一点。渐渐地，一切都清楚了，然而从他再次出现的那一刻，她就已经读懂了他的真实意图。

　　这就是前一天晚上八点钟她下班前磨磨蹭蹭、瞎混时间的原因。她在做最后的收尾工作，或假装在做；待在"笼中"突然变成她的避难所，而她的确有些害怕另一个人会等在外面。他可能会等待；他就是她所指的另一个人，也是她所害怕的人。她身上最不可思议的变化来自她看见他有意返回的那一刻。就在她业务完成之前的那个意乱情迷的午后，她仿佛看见自己毫无顾虑地靠近钱伯斯庭园的门童；然而，这个冲动的意识带来的影响发生了改变，在最后离开库克店后，她径直回了家，这还是从伯恩茅斯回来后的第一次。这几周里她每天都会经过他的门前，但今天却没有任何东西吸引她过去。这个变化可谓是她对恐惧的致敬——这也是他自己的变化所带来的结果，对此她不需要更多的解释，只要看到他那张生动的脸就足够了。虽然很奇怪，但她在她视为世界上最美丽的东西里发现了震慑的因素。那晚在公园里，当她拒绝他晚餐的邀请时，他就已在她那儿见识过了；但这次他把这个教训抛诸脑后——他每次看她时都明明白白地表露出晚餐的邀请。这种情况在三天里每每出现。他每天来两次，每次都仿佛是给她一个让她心软的机会。毕竟，这是他所能做到的极限了，在此期间她对自己说。她十分清楚，他有许多办法及其他特殊的方式来对待她饱含深情的沉默。但最独特的是当她晚上下班离开时，他并没有等候在外面的角落里。这是他轻易能做到的——轻而易举，如果他不是那么矜持的话。她继续意识到他对她无言的请求的克制，而他唯一有这个自由能做的补偿就是前来告诉她："是的，我只能在城里待三到四天，但是我会继续待下去。"他每时每刻都在提醒着她注意飞快流逝的时光；他夸张地指出只剩两天了，最后只剩一天了，这可真糟透了。

他有意做的其他一些事也让她记忆犹新；印象最深的——如果不是最让人费解的——要数这件她同时要暗暗称奇并深以为恐的事。如果不是她狂乱的异想天开，就是他错乱的莫名激情，总之她有一两次看见他给了多余的钱——这些金币与他一贯支付的小额邮资无关——因此她提醒他把钱拿回去。关于这件事最不同寻常的地方在于她为他找到的各种有内在关联的借口：他想要报答她，因为他从没给过她任何东西。他想让她自己去买东西，因为他知道她不会要他给的东西。他想要表示他非常尊敬她，因为对她来说这是个极好的机会——向他证明她是值得尊敬的。在这些最枯燥无味的交易中，至少他们的眼里是没有这些问题的。第三天他递进一份电报，内容显然与流亡政府观点相同——乍一看这个内容是捏造的，但再三考虑，在她敲邮戳前，他从她那儿拿回了电报。他既给了她时间看它，又觉得自己最好还是不要把它发出。如果这不是发给在图文德勒的布拉登夫人的——她知道夫人在那儿，那是因为发给在布里克伍德的巴泽德医生也是好的，好处是不会把一个他依然在乎的人的秘密泄露太多。情况非常复杂，她也不太清楚；但有一点可以确定的是，在有限范围内，图文德勒的布拉登夫人和布里克伍德的巴泽德医生是同一个人。无论如何，在他给她看过又拿回去的文字里有这么个简短生动的词："绝不可能。"关键不是她应该发送出去，而是她应该看到它。绝不可能的是在他还没有在库克店解决好事情之前，他会去图文德勒或是布里克伍德。

　　而在她看来，这件事的逻辑在于既然她对此十分了解，她倒不在乎有没有结果。她所知道的是他受到某种控制并有生命危险，因此她怎么知道一个在邮局工作的可怜姑娘应该站在什么立场呢？他们之间越来越清楚，如果他能让她知道他自由了，那么她所深入了解的一切就都结束了，她自己的情况也会变得不一样，她会接触并理解他，倾听他的心声。但他只是焦躁不安，拼命挣扎在对权力的欲望中。因此这一切对他来说根本没结束，而且他在某个地方以某种方式和别人有特殊的关系：这点从他的整个态度和表情里就一览无余，同时他的态度和表情也都恳请她不要想起他也不必介意。既然她的确介意、的确难以释怀，他就只能在四周徘徊，进进出出，做些他自己都觉得难为情的无用之事。他羞愧于他对巴泽德医生用的那个词，并立即走出库克店，同时再一次把手中的电报纸揉成一团，狠狠塞进他的口袋。他糟透了的绝望的情感就这么卑微地表露在她面前。他觉得自己真是太丢脸了，怎么也不好意思再回来。他再一次出城，一周过去了他没露面，第二周又过去了他还是没回来。他自然是回到了他情妇的身边；她坚持这么认为——她知道如何做，但他没有再回来过，一小时也没有。以前当她说到时间时总是指一天。并且我们年轻的朋友已听说他现在从其他邮局发送电报了。最终她充分意识到她已失去了对早先猜想的感觉了。连一点影子都没留下——都烟消云散了。

第二十二章

　　十八天过去了，她开始考虑也许她永远都见不到他了。他现在也明白。他理解她也有许多难言的秘密、理由及阻碍，即便是一个在邮局工作的平凡女孩也有她的苦衷。随着她在他身上展现的魅力由于距离而逐渐减弱，他经历了他们之间最后一次微妙的谈话，并下定决心离开她，因为这是唯一体面的解决方法。在后来的这些日子里，她从未觉得他们的关系这么不稳定过——较之于最初的开心、美好、顺利，如果这一切都能回到从前的话；如果他们只需要考虑店员和顾客的关系就好了。他们的关系至多只由一根丝线悬着，由人任意摆布，说不定什么时候就断了。十四天后她最终接受了事实，但她从未怀疑过自己当初的决定是否考虑周全。她只是想要多给他几天时间，以便他回到她身边时能更理智些——因为即便是对任意一位让人为难的顾客，一个有良心的店员也会心存感激，——然后她会向马奇先生表明她已经为他们的小家做好准备了。当他们在伯恩茅斯深入交谈时已从上到下地谈论过它，特别是他们俩在她母亲何去何从的问题上逗留很久，互不相让，剑拔弩张。

　　他比以往更明确地征求她的意见，他的计划中允许这暧昧现状的存在，他此前从来没有给她留下过这么深刻的印象。这带给她的触动甚至超过了他当时制服醉酒士兵的时候。面对这一切，她认为她还在库克店坚持待下去的原因是想公正地对待自己的定论。除非被取代，否则她的定论就是她不能放弃她的这位朋友，而且她坚持，无论多么艰难，她都会以她的名誉担保坚守在岗位上。她的这位朋友已经表现过良好的行为，他只要再出现得久一些，让她能慢慢地释怀，给她点什么，让她能带着回忆全身而退。有时她看见并触摸到了他的临别赠品；有时她觉得自己坐在那儿就像个乞丐把手伸向在口袋里摸索的施舍者。她没有拿金币，但她会接受分币。想象中她仿佛听到铜板撞击在柜台上发出清脆的响声。"别再给自己找麻烦了，"他会说，"这件事实在太糟了。你已经做了你该做的。我感谢你，你已经没有责任了，可以离开了。我们的生活主宰着我们。我对你的生活——虽然我非常感兴趣——知之甚少，但我想你已心有所属。至于我的生活会带着我——到该去的地方。嗨嗬！再见了！"然后再一次，最甜蜜而又最苍白无力的语句："我只能说——看这儿！"她一丝不苟地想象这整个画面，甚至包括她是如何再次拒绝"看那儿"的情景。就像她所说的，拒绝看任何地方或任何东西。然而对他这次的逃离，她的愤怒要更甚于之前。

一天晚上他匆匆忙忙地回来了，在他们快要关门的时候。他的脸显得那么异样和陌生，那么不安和焦虑，几乎任何事都不重要了，只剩下清晰的认识。他用力推进一封电报，似乎由于压力所导致的紧张和极度紧迫让他无暇顾及自己到底在哪里。但当他们四目相对时，一道亮光闪过，并瞬间变成了热烈的、意味深远的强光。这弥补了一切，因为她知道这是他对自己"身处危险"的宣告，就像以卵击石般无奈。"哦，是的，就是它——终于来了！上帝啊，忘了我曾经让你担心和忧虑过，帮帮我，救救我吧，把这东西发出去，一秒钟也别耽搁！"显然某件严重的事发生了，并让他陷入了危机。她立即认出这封电报的接收者——住在普瑞德酒店的杜尔曼小姐，上次布拉登夫人也曾从多佛给她发过电报。回想起来，她与此事颇有关系。杜尔曼小姐之前出现过，但之后就消失了，现在她又成了这个紧急诉求的主角。"必须见到你。如果能赶上的话请乘维多利亚站的最后一班列车。如果不能，就乘第二天最早一班。请直接回复我。"

"对方付费？"女孩问道。巴克顿先生刚刚离开，柜台出纳在收发室。房间里没有其他顾客，印象中她从来没有像这样单独与他在一起，即便在大街上或公园里也不曾有过。

"哦，是的，对方付费，请越快越好！"

她瞬间就粘好了邮票。"她会赶上火车的！"她气喘吁吁地对他断言道，好像她能绝对保证一样。

"我不知道——希望如此吧。这件事非常重要。你真是太好了，动作这么迅速。"现在事情变得如此单纯，除了深陷其中的危险，他已忘记了一切。所有他们之间发生过的种种仿佛已成空。好的，她就想要他这么理智！

因此对她来说，开心的是她不再患得患失了；然而在她奔向收发室前，她还是抽空略显惊奇地问他："你有麻烦了？"

"太可怕了，太可怕了——有一场争吵！"但下一秒钟他们就分开了。当她冲向发报机，几乎是用力把柜台出纳从凳子上推开时，她听到库克店门口"砰"的一声巨响，他仓促地跳上一辆出租车，用力关上了车门。就在他匆忙跑向他想起来的其他预防措施时，他对杜尔曼小姐的请求已经直接发送出去了。

次日，她上班还不到五分钟他就又来了，还是那么焦躁不安，在她看来就像个吓坏了的孩子在寻找母亲的怀抱。她的同事都在那儿，但她觉得不可思议的是，面对他的激动焦虑、极度恐慌和他暴露的本性，她突然就不介意了。这件事来得直接又突然，像是从未发生过似的，几乎把一切都带走了。他没什么要发送的——她能肯定他在各个邮局都发过电报了——他的业务是那么庞大。他的眼里除了这件事外什么都没有——没有一丝的怀旧或追忆。他由于焦虑而显得形容枯槁，显然一夜未合眼。她对他的怜悯给她平添了些许勇气，而且她最终也知道为什么她就像个傻子。"她没来？"她喘息着问道。

"哦，不，她来了，但还有个问题。我们需要一份电报。"

"一份电报？"

"一份许多天前从这儿发出去的电报。我们想要知道里面的内容。非常非常重要的内容，求求你了——我们想马上得到它。"

他一本正经地跟她说话，就好像她是奈茨布里奇或是帕丁顿的某个陌生女人；这样也好，这就能让她冷静地对待他巨大的慌张。首先她感到在间隔、空白处和缺席的回电中她错过了许多信息——许多她需要重新分配的信息；她的眼前一片黑暗，只有星星点点的火光闪烁。那些都是她所看到并掌握的。其中一个情人在城外的某个地方大闹，另一个则在他所住的地方。这可真够生动的，随即她明白这就是她所要的。她不要细节，不要事实——不要眼前的真相或难堪。"你要的电报是什么时候的？你是指你从这儿发出去的吗？"她想让自己看起来像奈茨布里奇的年轻女人。

"哦，是的，从这儿——几星期前。五、六、七，"他有些迷惑，有些不耐烦，"难道你不记得了吗？"

"记得？"听到这话，她几乎再也无法勉强维持脸上奇怪的笑容。

但更奇怪的他竟然连这个都没注意到。"我是说，难道你们不保留旧的电报吗？"

"只保留一段时间内的。"

"多久？"

她思考着；她必须做那个年轻女人，而她清楚地知道那个女人该说什么，不该说什么。"你能给我日期吗？"

"哦，上帝，我不能！大概是八月的某一天——即将到月末。是寄到跟我昨晚给你的同一个地址。"

"噢！"女孩说，对此，她知道这是她曾有过的最兴奋的感觉了。她望着他的脸，觉得自己手中掌握了一切，就像握着她的铅笔一样，后者随时都有可能在她握紧的拳头里折断。这让她感觉命运就像个喷泉，而感情就像那喷涌而出的洪水，需要她用尽全力去压制。这确实就是原因，她再次用她长笛般的帕丁顿口音问道："你不能再给我们更多一点的信息了吗？"她的"一点"和"我们"直接来自帕丁顿。他没有从这些假音中听出任何端倪——他面临的困难已让他无暇他顾。他用眼神催促着她，而她也从中读到了恐惧、愤怒和真实的眼泪。但这眼神，与他在其他古板的人面前展示的眼神是一模一样的。

"我不知道日期。我只知道电报是从这儿发出去的，大概在我跟你说的那个时间。你看，它没有被送出去，因此我们要找到它。"

第二十三章

当他说"我们"时，她被这个词的美好打动了，就像以前她断定他会和她在一起一样；但她现在清楚地知道自己的身份，因此她才能毫无顾忌地逗他玩，享受着自己新发现的乐趣。"你说'大概在我跟你说的那个时间'，但我想你并没有说过一个准确时间，是吗？"

他看上去简直无助极了。"那也是我想要知道的。你没有保留旧的电报吗？——能找吗？"

我们的年轻女士——依旧用着帕丁顿口音——换了个方式问问题："它没发出去？"

"哦，不，它发出去了，但是，你知道的，同时它又没被发出去。"他有些吞吞吐吐，欲言又止，但最后他和盘托出。"它被拦截了，你不知道吗？电报里有些重要内容。"他又停顿了一下，然后，仿佛为了进一步加强他成功拿回电报的请求、恳求乃至哀求，他甚至勉强愉快地对她笑了一下，这可怕的笑容就像一把刀刺进了她的温柔。明明只是灼热的呼吸，却要把它当成决了堤的海湾，或是令人悸动的狂热，这会导致什么样的痛苦？"我们想要找到这封电报——想知道里面写的是什么。""我明白了——我明白了，"她努力模仿帕丁顿人目不转睛如死鱼般凝视时的口音，"那么你没有任何线索？"

"一点儿也没有。我已把所有的线索都给你了。"

"哦，八月的最后几天？"如果她再这么长时间地继续下去，保不齐他会真的生气。

"是的，还有地址，我告诉过你。"

"嗯，和昨晚的一样？"

他明显地颤抖了一下，好像抱着一线希望，但这就像是往她如一潭沉水般的平静上浇油一样丝毫不起涟漪，她还是那么装腔作势。她整理着一些文件。"你不查看一下？"他催促着。

"我记得你来过。"她回答道。

他不安地眨眨眼睛，心里生出新的惶恐。她的异样让他意识到他也有点变了。"你是聪明人，对吧！"

"你也是……你必须对我公平些。"她微笑着回答，"但让我想想。是多佛吗？"

"是的，杜尔曼小姐……"

"普瑞德酒店，普瑞德街？"

"正确——非常非常感谢！"他又开始有了希望，"那么你找到了……另一封？"

她重新犹豫了一下，她在吊他的胃口。"它是一位女士拿来的吗？"

"是的。而且她弄错了些信息。这正是我们要找到的！"

天啊！他想说什么？可怜的帕丁顿女孩看到的是疯狂的背叛！她无法做到为了自己的乐趣而继续戏弄他，但她也不能为了他的尊严而警告、控制或是阻止他。她发现自己能做的只是让自已处于中立。"它被中途拦截了？"

"它误入他人之手。但里面有些重要信息，"他继续直言不讳，"也许这样很好。就是说，如果信息是错误的话，你知道吗？如果是错误的就好了。"他语出惊人地解释道。

他到底想说什么？巴克顿先生和柜台业务员已经很感兴趣了，但他们都没好意思插话；而她已被一分为二，一半为他担心，一半又十分好奇。但她已看到她所掌握的真实信息中的那点错误，她只要粉饰一下就能让事情圆满解决。"我非常理解，"她同情地说，手下的动作也出于怜悯快了起来，"那位女士忘记了她写的内容。"

"忘得一干二净，这可真是个大麻烦。我们只知道它没有被送到，所以如果我们能马上找到它……"

"马上？"

"分秒必争。你确定，"他恳求道，"它们在档案里？"

"因此你可以当场看到它？"

"是的，请帮帮我——越快越好。"他由于恐慌而握紧手杖柄，用关节敲击着柜台发出响声。"请一定要把它找出来！"他喃喃地重复着。

"我敢说我们能帮你得到它。"女孩甜甜地回复道。

"得到它？"他看起来很吃惊。"什么时候？"

"可能要到明天。"

"那么它不在这里？"他一脸的遗憾。

她透过黑暗发现了一丝亮光，她很好奇是什么样的麻烦事，甚至那些最可想象得到的、最严重的麻烦，能糟糕到让他那么恐惧。里面有许多的迂回曲折，许多地方杀人不见血，这些是她无法想象得到的。她越来越庆幸自己没有想要知道这么多。"它已被发出去了。"

"但你没查看怎么知道？"

她对他微微一笑，看起来很神圣，实则是绝对的讽刺。"电报是 8 月 23 日发的，而我们这里的存档最早不超过 8 月 27 日。"

他脸上的神情一动。"27 日……23 日？你确定吗？你知道的？"

她觉得自己几乎什么都不知道——仿佛她很快就要因为和一桩丑闻有可怕的关系而被抓住。这真是最古怪的感觉了，因为她曾听说并看到了这些事情，而且在库克店与他们大量的亲密接触锻炼了她，使她更适应这个环境。她对这件特别的事也见怪不怪，毕竟是个旧传闻了。但之前这件事一直是隐晦而不可触及的，处于她现在避之唯恐不及的状态。丑闻？——真是个愚蠢的字眼。现在这件事明显浮出水面了，而首先映入人们眼帘的就是埃弗拉德上尉那张英俊的脸。在他眼睛深处有一幅图片，画面上是一个类似审判庭的大房间，那儿有个可怜的姑娘勇敢地站在围观的人群前，用颤抖的声音对着一个文件发誓，证明自己不在场，并提供了一个相关的证据。在这个图片里她勇敢地取代了那个姑娘的位置。"是 23 日。"

"那么今天早上你能拿到吗？或今天的某个时间？"

她思考着，依然用目光包围着他，然后转向她的两个同事，后者这次毫无保留地积极参与。她并不在乎——一点儿也不，她四下张望想找到一张纸。对此她不得不承认办公室的节约实在是太苛刻了——她唯一能找到的多余纸张是一小片乌黑的吸墨纸。"你有名片吗？"她问她的拜访者。他快速离开帕丁顿女孩，转眼间又回来了，手里多了个皮夹，他迅速地从中抽出一张卡片。她没有看上面的名字——只是把它翻转过来。她继续看着他，此刻她感到自己好像从来都没有拥有过他，而她在同事面前的泰然自若一时让人十分震惊。她在名片的背面写了些东西，然后把它推还给他。

他使劲瞪大眼睛看。"七，九，四……"

"九，六，一。"她亲切地念完数字。"对吗？"她笑着问。

他非常激动地看完整个信息，然后如释重负地大大松了一口气。他神采奕奕地看着他们，就像一座高大的灯塔，甚至同情地拥抱了一下眨着眼睛、不知所措的年轻店员。"感谢上帝——它是错的！"然后，没有再多看旁人一眼，没有一句道谢，没有留给任何人一点时间，他转过他那伟岸的身躯，背对着他们，挺直他那胜利的肩膀，大踏步地走出了这个地方。

她只好独自面对她习以为常的评论者们。"如果它是错的，那就没事了！"她对着他们大肆引用他的话。

柜台业务员露出一副真正敬畏的神情。"但你是怎么知道的，亲爱的？"

"我记得的，宝贝！"

巴克顿先生——恰恰相反——非常粗暴地问："那么这又是

玩的哪一出呢，小姐？"

　　据她所知，还没有近在咫尺的幸福。几分钟过去后她才想起来，应该回答他这不关他的事。

第二十四章

　　如果在库克店的生活随着可怕的八月的谢幕而失去了些滋味，她却能很快推断出琼丹太太的优雅行业肯定遭受了更巨大的打击。随着拉伊勋爵、文特诺夫人和巴布太太的出城，随着所有奢华庭院的闭门谢客，这个心灵手巧的女人也只能无奈于孤芳自赏了。然而百无聊赖中，通过激起她年轻朋友的诸多崇拜，她支撑着坚持下去；当来自不同渠道的人生芳醇越来越有限时，也许她们反而比以前更频繁地见面了。在缺乏更好的娱乐消遣时，她们在彼此的交流中就故弄玄虚，总是神神秘秘地刚开了个头就欲言又止。她们都在等着对方表态，她们都极力地向对方隐瞒自己的短浅见识。琼丹太太也许更像一个胆大妄为的散兵游勇；幸亏她偶尔也信誓旦旦，否则就前言不搭后语的频繁程度而言，没人能比得上她。她对自己私生活的描述就像风中的火焰一般时起时伏——有时辉煌如熊熊燃烧的篝火，有时又黯淡好似一把灰烬。我们年轻的女孩把它视为地位的效应，身处上层社会的边缘总会发生的事，不是此时就是彼刻。她被五便士小说中的一句法国谚语所打动，翻译过来的意思就是一扇门如果不是开着就一定是关闭的，两者必居其一；这就像是琼丹太太不稳定生活的一部分，她总是想要面面俱到。有时候，生活似乎裂开了一个大口子——极力恳求她跨过这道坎；另一些时候，生活提出明显令人不安的要求，几乎就是对她的狠狠打击。然而总的来说，琼丹太太显然没有失去信心；它们都属于上流社会的事，不管怎样她都泰然自若。她暗示说她的生意利润飞涨，因此可以让她安然渡过任何阶段的急流暗涌，并且对此她还有无数的深刻见解和阐释。

最重要的是，她已在向上爬升了。镇上经常有绅士出现，而他们都是极为仰慕她的人；特别是从城市里来的绅士——她对于她迷人的花店里什么样的品种能激起他们的热情和骄傲了如指掌。总之，这些城里人喜欢花。还有一种非常精明的股票经纪人——莱恩勋爵称他们为犹太人及暴发户，但她并不在乎——她不止一次地拒绝他们的奢侈，如果一个人有良心的话，是会制止这种浪费的。这不仅仅是对美好的纯粹追求：这事关名利及她的事业；他们想要碾压他们的对手，而这就是其中的武器。琼丹太太的精明已到了极致；在任何情况下，她都了解她的顾客——就像她说的，她会与各种各样的人打交道；在最坏的情况下，从这套房子跑到那套房子对她来说就是一场赛跑——即便在萧条的那几个月里也是如此。并且，毕竟顾客当中也有许多女士；股票经纪圈的女士总是不断地随着股票的涨跌而输赢不定。她们可能不一定是巴布太太或是文特诺夫人；但除非你与她们发生争执，否则你会觉得她们没有什么不同，并且很快你会发现只能从妆容上分辨她们。这些女士构成她话题的一个主要分枝，她就是在枝头上随着微风摇摆得最厉害的那个；就此，她的知己最后推断出她想要摆脱没有好好抓住机会的遗憾。琼丹太太描述的茶会女礼服确实存在——但茶会女礼服并不代表所有的体面和身份，并且奇怪的是一个牧师的遗孀经常说这些，仿佛她总是在想这些东西。她的确总是回到拉伊勋爵的身边，显然从未忽视他，即便是在最长的远足旅行中也是如此。他的和蔼可亲变成一种道德所指——在这个可怜女人短视的双眼中奇怪地闪现。她对她的年轻朋友投以许多自命不凡的目光，庄严地预示着她将有一些不同寻常的交际。而这些交际本身一周周过去了还悬而未决；但它们的确还在那儿，这是事实，她把它归功于她的孜孜不倦的追求。"他们在某种程度上，"她经常强调，"是中流砥柱，是靠山。"可是既然这里暗指上流社会，女孩不禁很纳闷，如果他们在某一方面是如此，他们应该要求在其他方面也是如此。但是，她清楚地知道，琼丹太太所指望的是哪几个方面。这一切都简单地意味着，是她的命运在迫使她靠近。如果她的命运被封锁在婚姻的祭坛，那么她就不可能突然之间变得这么优秀。她的改头换面让一个小小的电报员有些不知所措。这势必会让这样的人产生一种琼丹太太一定是做出了令人惋惜的牺牲的预期。拉伊勋爵——如果他是拉伊勋爵——不可能对这类无足轻重的人"和蔼可亲"，哪怕人们曾这么做过。

十一月的一个周日下午，她们按事先约定一起去了教堂；之后——受到教堂氛围的感染，本来安排中没有包括这个——她们又一起去了位于梅达维尔地区的琼丹太太的寓所。后者对她的朋友大肆渲染她的个性化服务；她是如此的"高高在上"，并且不止一次地希望把女孩也引向同样的舒适和特权。周围逐渐弥漫起浓浓的棕色大雾，梅达维尔满是刺鼻的烟味；但她们之前一直处于颂歌、焚香和美妙的音乐声的包围中，虽然这些东西对她心灵的影响非常大，但我们的年轻女士还是沉浸在一系列的思考之中，即便它们之间并没有直接的联系。其中之一就是琼丹太太在途中对她说的莱恩勋爵还要在城里待一段时间，这颇具意味。她说话的口气仿佛这是应某人的要求才发生的——仿佛在她生命中，这种关系是轻易获得的。也许是对拉伊勋爵是否希望与她结婚感到好奇，她的客人思绪飘忽，很肯定地判断其他的婚礼也应该在圣朱利安教堂举行。马奇先生还是在他的卫斯理公会教堂做礼拜，但她对此并不担心——甚至还比不上她对琼丹太太提及此事更让她恼火。马奇先生的信仰方式是她很久前就安排好他必须从她儿获取的诸多事情之一——它们构成了他们想要的种种优势和美，并且她现在已初步建立了自己的圈子。它的主要特点是它跟琼丹太太和拉伊勋爵的圈子一样，正如后来她们一起坐下来聊天时她对女主人所说。棕色的浓雾弥漫进了女主人的小客厅，恰好拖延了对现存问题的回答，并且，还有什么比先准备茶杯、锡罐、一小簇壁炉里的火焰和没有阴影的石蜡灯更要紧的事呢？这儿没有一点儿鲜花的迹象；琼丹太太忘了给自己收集甜蜜。女孩一直等到她们喝上第一杯茶——等待着这次她的朋友会正式宣布她的归宿，她确信这一点；但过了一会儿什么都没发生，只除了女主人轻轻戳动壁炉里火苗发出的声响，就好似演讲前要清清嗓子。

第二十五章

"我想你一定听我提过德雷克先生吧？"琼丹太太的表情从未如此奇怪过，并且她的微笑也从未如此让人感到温和慈爱。

"德雷克先生？哦，是的，不就是那个拉伊勋爵的朋友吗？"

"一个很好的、可信赖的朋友。几乎——可以说是——亲密的朋友。"

琼丹太太的"几乎"有种独特的口吻，令她的同伴心下一动，有些油嘴滑舌地开口道："不是都说当人们信任他们的朋友时，其实就是爱？"

这话让德雷克先生的赞美者沉默了片刻。"好吧，亲爱的，我爱你……"

"但你并不信任我？"女孩依旧不依不饶。

琼丹太太又停顿了一下——她的表情还是有些怪异。"是的，"她带着一丝奇刻回答道，"我马上就要告诉你一个非凡的例子。""非凡"一词已让人非常期待，再加上她略带恼火的口吻让她的听众顺从地陷入片刻的沉默。"德雷克先生已为勋爵大人服务多年，并得到高度的赞扬，因此当他们要分开时，大家都感到有些突然而措手不及。"

"分开？"年轻的女士有些困惑，但她尽力装作有兴趣听，并且她已经明白自己刚才说错话了。她曾经听说过德雷克先生是勋爵大人一个圈子里的成员——这些成员显然都是琼丹太太的副业不得不接触的人。她只是对"分开"有些疑惑。"好吧，无论如何，"她笑着说，"如果他们是像朋友一样分开……"

"哦，大人对德雷克先生的未来非常关心。他会为他做任何事，他已经为他做了不少了。但你知道的，总要有些变化……"

"没人会比我更明白这点了，"女孩说，她希望对方能多说点，"我将会有很大的变化。"

"你要离开库克店？"

话题的始作俑者迟疑了一会儿，没有正面回答这个问题。"告诉我你现在在做什么。"

"好吧，你怎么认为呢？"

"怎么，我想你已经找到了你一直都很确定的方向。"

对此琼丹太太显得有些尴尬，她斟酌着开口道："是的，我总是很确信——但我又常常没把握！"

"那么，我希望你现在是有把握的，我是指对德雷克先生。"

"是的，我亲爱的，我想我可以说我有把握。在我确定之前他已为我神魂颠倒。"

"这么说他已经是你的囊中之物了？"

"如假包换。"

"真的太好了！而且他很富有？"年轻的女孩继续开口。

琼丹太太迅速地表示她追求的是更高层次的东西。"非常的高大英俊……六英尺二英尺 ①。而且他还存钱。"

---

① 一英尺约合 0.3 米，故此处身高约 1.89 米。

"这可真像马奇先生!"马奇先生的朋友不顾一切地大声嚷嚷道。

"哦,并不太像!"德雷克先生的朋友对此有些模棱两可,但马奇先生的名字显然给了她某种刺激。"至少他现在有更多的机会。他将为布拉登夫人工作。"

"去布拉登夫人那儿?"这可真让人困惑,"去……"

从琼丹太太看她的眼神里,女孩明白她对这个名字产生的反应泄露了她的一点秘密。"你认识她?"

她有些犹豫,然后她很快就为自己打马虎眼。"你看,你还记得我经常告诉你,如果你有大客户,那他们同时也是我的客户。"

"是的,"琼丹太太说,"但我们之间有巨大的差异,你讨厌你的客户,而我却真正喜爱他们。你认识布拉登夫人?"她穷追不舍。

"非常熟悉!她经常进出我们店。"

听到这样的描述,琼丹太太愚蠢的双眼流露出一种好奇甚至是嫉妒的神情。但她很快就掩饰过去,取而代之的是一份喜悦之情。"你讨厌她吗?"她问道。

她的客人不假思索地回答:"亲爱的,不!几乎一点儿也不。她可真是无与伦比的美丽。"

琼丹太太继续盯着她。"无与伦比?"

"啊,是的,真是秀色可餐。"真正让人胃口大开的是琼丹太太的含糊其词。"你难道不认识她……你从没见过她?"她的客人淡淡地接着说。

"没有，但我听说过许多关于她的事。"

"我也是！"我们的年轻女士不禁喊了起来。

琼丹太太看了她片刻，仿佛在怀疑她的可信度，或至少怀疑她不是认真的。"你认识一些朋友？"

"布拉登夫人的朋友？哦，是的……我认识一个。"

"只有一个？"

女孩笑了出来。"只有一个……但我和他的关系非常亲密。"

琼丹太太踌躇了一下。"他是位绅士？"

"是的，他不是女士。"

她的对话者看来有些谨慎。"她总是被众星捧月。"

"她将要被——德雷克先生围着转。"

琼丹太太的目光变得有些奇怪地凝滞。"她长得很好看吗？"

"我见过的人中最漂亮的。"

琼丹太太继续深思熟虑。"好吧，我也知道一些美人儿。"然后，她有些不自然地、吞吞吐吐地问道："你觉得她长得好看吗？"

"你是说相貌好看的人不一定其他地方也好？"女孩接了话茬，"不，当然不，这是库克店教会我的。但是，也有人拥有一切。至少布拉登夫人拥有了足够的资本：迷人的眼睛，秀气的鼻子，小巧的樱唇，精致的面容，婀娜的身姿……"

"婀娜的身姿？"琼丹太太几乎粗暴地打断。

"苗条的身材，飘逸的长发！"女孩有意做了个小小的动作让头发披散下来，她的同伴目不转睛地看着这诱人的举动。"但德雷克先生是另一个……"

"另一个？"琼丹太太的思绪仿佛从很远处被拉了回来。

"夫人的仰慕者之一。你说过的，他要去为她工作。"

对此琼丹太太支吾其词："她已经聘用他了。"

"聘用他？"我们的年轻姑娘有些茫然。

"跟在拉伊勋爵那儿一样的职务。"

"拉伊勋爵忙吗？"

第二十六章

琼丹太太把目光从她身上移开——看起来有些受伤，在她看来甚至是有些恼怒。谈论布拉登夫人着实让我们女主人公的思绪涣散了一阵子，但看到她的老朋友心神不宁、手足无措的样子，它们又重新在她身边盘旋着，直到有个想法冲向她，仿佛在她身上狠狠地啄了一下。她就像被轻轻撞击、重重叮咬一般猛地想到德雷克先生不就是——这可能吗？有了这个想法，她发现她又重新回到开心的状态，还带着点突如其来、无理取闹的欢乐。德雷克先生的形象快速地在她眼前浮现；她曾在库克街区那些别墅的门口见过这样的人——表情严肃，人到中年，挺身直立，侧身站在仆人旁边接过访客的名片。德雷克先生其实就是个门童！但是，在她还没来得及去验证她脑海中的想法之前，她就被迫陷入了另一个设想。她们刚刚讨论过的人让琼丹太太在情急之下脱口而出："布拉登夫人在重新安排——她要结婚了。"

"结婚？"女孩轻轻地重复这句话，但该来的终于来了。

"你不知道吗？"

她用尽了全身的气力支撑在那儿。"没有，她没有告诉我。"

"那她的朋友们……她们也没告诉你吗？"

"我最近没见过她们。我没有你这么幸运。"

琼丹太太振作起来。"那么你肯定也没听说布拉登勋爵去世的消息？"

她的同伴一时间无法回答，只是缓缓地摇摇头。"德雷克先生告诉你的？"从管家口中得来的消息比其他任何渠道都可靠。

"她什么都告诉他。"

"而他什么都告诉你——我明白了。"我们的年轻女士站起身，重新找到她的手笼和手套，笑着说，"你看，很不幸，我没有一个德雷克先生。我衷心地祝贺你。但是，即便没有你的帮忙，我也东一点西一点地了解了许多琐事。我想如果她要跟谁结婚的话，那一定会是我的朋友。"

琼丹太太这时也站了起来。"埃弗拉德上尉是你的朋友？"

女孩沉思着，戴上一只手套。"有一段时间我经常见到他。"

琼丹太太紧紧盯着这只手套，但她并非想知道这手套干不干净。"那是什么时候？"

"应该就是在你经常跟德雷克先生见面的那段时间。"她现在已经能平静地接受了：这个琼丹太太要嫁的出色男人会应门铃开门，会添柴火，会管家，至少，会给另一个出色的男人擦皮靴，这另一个男人——唉，如果她愿意，她会有许多话要对他说。"再见，"她又说了一遍，"再见。"

但是琼丹太太把手笼取下来，翻了个面，用手掸了掸，并仔细地看了看。"在你走前告诉我。刚才你提到了自己的变化，你是说马奇先生……？"

"马奇先生对我有极大的耐心——他最终让我意识到了这一点。我们下个月就要结婚了，我们会有一个小小的温馨的家。但你知道的，他只是一个杂货商。"女孩对上了她的朋友意味深长的眼神，"因此，恐怕与你身处的圈子相比，我们的友谊无法以你的方式继续下去了。"

琼丹太太沉默了片刻，没有回答。她只是把手笼举到脸上，又放了下来。"你不喜欢。我知道的，我知道的。"

她的客人惊讶地看到她的眼里满是泪水。"我不喜欢什么？"女孩问道。

"怎么，当然是我的订婚。你那么聪明的人，"可怜的女士嗓音颤抖地说，"你用你的眼光看它。我的意思是你会很冷静。你已经这样做了！"说到这里，她的眼泪在下一秒已经流了出来。她终于忍不住大哭了起来。她重新坐了下来，用手捂住脸，想要抑制住她的抽泣。

她的年轻朋友站在那儿，虽然还是有些严肃，但即便没有完全被感动到怜悯，也由于震惊而心软了。"我没有以任何眼光看待任何事，而且我很高兴你找到了合适的人。倒是你，你给我太多美好的向往，即便是我，如果我都听你的，也许我也会像你一样。"

琼丹太太继续哭着，但哭声已经慢慢变得很微弱了。然后，她擦干眼泪，思考着最后一句话。"我只是不想再饿肚子！"她轻微地喘着气。

听到这话，我们的年轻女士挨着她坐下，现在所有的可笑的痛苦就在一瞬间烟消云散了。她抓起她的手以示宽慰，然后，下一刻她又轻轻吻了她一下，表达她真切的安慰之情。她们坐在一起，手拉着手看着这间潮湿、昏暗、破旧的小屋子，看着她们的未来，原先并没有很大差别的建议，最终也被彼此所接受。她们俩都没有对德雷克先生在这个现实世界的真正地位做出评价，但刚刚有些失态的他的未婚妻对他抱有很大的希望；而我们的女主人公在这整件事中看到的和感受到的则是她的梦想、她的错觉以及她的回归现实。现实，对她们这些可怜的人来说，只能是丑陋而模糊不清的，她们从来无法逃离或超越。她没有再问她朋友任何私人问题——她是如此善解人意，也没有任何说教，只是继续抱着她、安慰她，让她认识到她们命运中无法避免的东西需要隐忍地对待。她觉得在这件事中自己是宽宏大量的；因为如果不是为了安慰或是宽心而去抑制心中的不满，她根本不会坐下来，如她所说，与德雷克先生同桌。好在表面看来桌子并没有什么问题；关键是，在她们不同的生活轨道上，她朋友的兴趣还在于梅费尔发出的光比乔克农场更耀眼。而当判断一个人是否好运的真正方法是做出正确的而非错误的比较时，她的骄傲和激情到哪儿去了呢？在她重新整理好自己准备离开前，她感觉自己非常渺小，她小心翼翼而又充满感激。"我们将会有自己的房子，"她说道，"你必须尽快来让我带你看看。"

"我们也会有自己的房子，"琼丹太太回答道，"因为，你知道吗，他把在外住宿作为一个条件。"

"一个条件？"女孩有些茫然。

"无论他会有什么新岗位。他就是因为这个离开拉伊勋爵的。大人无法满足他这个要求，所以德雷克先生只好放弃他。"

"这一切都是为了你？"我们的年轻姑娘惊喜地问道。

"为了我和布拉登夫人。夫人很看重他，为此不惜一切代价。而拉伊勋爵对我们没兴趣，正好乐得成人之美。所以，就像我对你说的，他将会有他的房产。"

琼丹太太在喜悦中逐渐恢复了元气，但两人之间还是存在一个潜意识的隔阂——这就是无论是访客还是女主人，谁都没有主动提出期望或发出邀请。最后的解决方法就是无论顺从或是同情，她们都只能看着对方去跨越社会地位的鸿沟。她们还坐在一起，仿佛这是她们最后一次相处的机会了，虽然有些不自在，她们还是静静地坐着，亲密地挨着，觉得——千真万确地——还有一件事她们要搞清楚。当这件事还停留在表面时，我们的年轻朋友已经知道大部分真相了，还为此有些恼火。但很可能最重要的并非大部分真相，而是琼丹太太在经历一时的努力、难堪和泪水之后，还能重新挂念着——甚至都不用说出来——社会关系。既然嫁入了社会圈子，她就并没有真正的释怀。好吧，就算是一种补偿吧，这也是马奇先生的未婚妻留给她的。

第二十七章

最后这位年轻的女士再次起身，但在走之前她有些踌躇地问道："那么埃弗拉德上尉对此说过些什么吗？"

"对什么？亲爱的。"

"怎么？就是对这些问题啊——室内设计、家居布置、家具摆设等。"

"他有什么权利呢？这屋子里的一切都不是他的。"

"不是他的？"女孩惊呆了，好奇地问。她清醒地意识到，她与琼丹太太正在谈论的这个人，与她所知相比，琼丹太太比她知道的要多得多。

好吧，总有些事是她想知道的，并且最终会知道的，虽然知道这些事的真相会伤害到她，并自取其辱。"为什么不是他的呢？"

"亲爱的，你难道不知道，他一无所有吗？"

"一无所有？"很难想象他会是这样的人，但琼丹太太那不容置疑的口吻显然占了上风。"难道他不富有吗？"

琼丹太太深深地看着她，目光缥缈又若有所思，开口道："这要看你怎么定义'富有'了！他无论如何也比不上她，哪怕只有一点点。他带来了什么？再想想她所拥有的。亲爱的，他带来的只有债务啊。"

"他的债务？"埃弗拉德上尉的这位年轻朋友完全被真相蒙蔽了，她绝望地感觉到自己是那么的无知。

她本可以抗争一下，为自己争取些什么，但她决定顺其自然吧。如果她想实话实说，她应该说："告诉我，因为我对此一无所知。"但是她并没有这样做，她仅仅回答道："他的债务又有什么呢？她这么喜欢他，又怎么会介意呢？"

琼丹太太再一次将目光集中在她身上，发现自己除了接受事实别无他法。这就是事情的真相：埃弗拉德上尉陪后者坐在树下的长凳上，在夏日的暮霭中，他把手放在她的手上面，让她知道在情况允许的条件下他一定会对她说的那些话；之后他数次回到她的身边，带着他恳求般的眼神和血管里燃烧的激情；而她这边，她的固执和迂腐，在一些奇迹和不可能的条件的作用下，只能通过电报间的栅栏回应他——只要她能得知他的消息，所有这一切都消失了，现在她只能靠琼丹太太通过德雷克先生接触他，通过布拉登夫人接近他。"她喜欢他——但事情并没有那么简单。"

女孩的眼神与她的眼神交织在一起，然后很快地躲闪开了。"还有什么？"

"怎么？你不知道吗？"琼丹太太简直有些同情她了。

她的这位在"笼中"工作的对话者本来就有些高深莫测，现在更像是个深不可测的深渊。"我当然知道她从来不会让他独自一人待着。"

"她怎么会……想想看……当他已向她妥协了？"

听到这个消息，年轻的姑娘失声大叫："他已妥协？"

"怎么？你不知道那桩丑闻吗？"

我们的女主角沉思着，回想着。一定有些事是她知道的，无论是什么，毕竟要多过琼丹太太所知的。她再次见过他，当他在那天早晨前来寻找那份电报时——她又目送着他离开电报局。她的思路在这上面稍稍逗留了一会儿。"嗯，并没听到什么公开的新闻。"

"确实不是公开的新闻……一点儿也不。但是他们之间发生了很可怕的恐吓和争吵。一切都几乎要公之于众了。有些东西丢了……有些东西又被找到了。"

"啊，是的，"女孩回答道，脸上带着笑容，仿佛找到了模糊的记忆，"有些东西被找到了。"

"大家都这么传——因此布拉登勋爵应该要有所行动。"

"应该……是的。但他没有做。"

琼丹太太被迫承认这一点。"是的，他没有。他们真是幸运，因为他死了。"

"我没听说他的死讯。"她的同伴说。

"九个星期前，他死得非常突然。这给了他们一个良机。"

"结婚？"这可真奇妙。"在九周内？"

"哦，没有那么快，但是……在这种情况下……我保证这事会很快并悄悄地进行。一切都准备好了。重要的是，她拥有他。"

"哦，是的，她拥有他！"我们的年轻朋友终于说出这句话。她在琼丹太太面前已屏了一分钟没说话，然后她继续说："你是说由于他手里有些东西，而让别人对她议论纷纷？"

"是的，但不仅如此。她还另外留有一手。"

"另外一手？"

琼丹太太有些犹豫。"唉，他有些麻烦缠身。"

她的同伴好奇地问："什么麻烦？"

"我也不知道。总之不是好事。像我曾告诉你的，有些东西被发现了。"

女孩盯着她看。"然后呢？"

"这对他来说是极为不利的。但她设法帮了他——她找到并得到了这东西。更有甚者说是她偷了这东西。"

我们的年轻女孩重新思考了一下。"不对，应该是被发现的东西正好救了他。"

但琼丹太太非常肯定地说："抱歉，我正好知道事情的真相。"

她的好姐妹浑身战栗了一下。"你是说通过德雷克先生？他们把这些事都告诉他了？"

"一个好的仆人，"琼丹太太说，她现在可真有点高高在上，恰到好处地卖弄，"是不需要被告知的！夫人救了她爱的男人！就像一个女人经常会做的！"

这一次我们的女主人公用了更长的时间才缓过神来，但她还想做最后的争辩。"好吧——当然我什么都不知道！重要的是他现在得救了。看起来，"她补充道，"他们都各自为对方付出了许多。"

"哦，不，是她做了大部分的事情。她已牢牢地抓住了他的心。"

"我明白了，我明白了，再见。"两人已经拥抱过了，就不再重复这个动作了，但琼丹太太还是陪着她的客人走到房子的大门口。这时年轻的姑娘再一次踌躇着，欲言又止，把话题又转回到了埃弗拉德上尉和布拉登夫人身上，虽然她们之间也说了三四句无关紧要的话。"刚才你的意思是如果她没有帮助他解决燃眉之急，就如你所说，那么她是否也不可能得到他的心？"

"是的，我敢打包票。"琼丹太太站在台阶上，若有所思地微笑着。在浓雾中她大大地吐了一口气。"男人总是不喜欢那个他们曾伤害过的人。"

"但他伤害过她什么呢？"

"我刚刚说过的。他必须和她结婚，你知道的。"

"难道他不愿意吗？"

"在此之前是的。"

"在她找回电报之前？"

琼丹太太稍稍停顿了片刻。"那是一份电报？"

年轻的姑娘犹豫了一下。"我以为你是这么说的。我的意思是无论它是什么。"

"是的，无论它是什么。我想她并没看见那东西。"

"所以她只是用计得到了他？"

"她只是用计得到了他。"告别的朋友现在已走到了台阶的最后一段，主人站在台阶的顶部，四周浓雾环绕。"我什么时候能到你的小窝来拜访你呢？下个月？"问话的声音从台阶的顶部传来。

"最迟下个月。那么我什么时候能到你的新居看你呢？"

"哦，那会更早些。我感觉跟你说了那么多关于我的新家，我仿佛已经在那儿了。"接着一声"再见！"从浓雾中传来。"再见！"的回复声融入了浓雾，紧接着年轻的姑娘也沿着相反方向走入了雾霭。在转过几个根本看不见的弯后，她出现在帕丁顿运河上。隐隐约约地看清围绕运河的矮墙后，她停下脚步靠近它站立了一会儿，非常专注地俯瞰着运河，尽管她什么也看不见。当她在那儿逗留时，一个警察从她身边走过，在走到离开她稍微有点距离处停下脚步注视着她，他的一半身影都隐没在浓雾中。但她仿佛完全没有察觉——她完全沉浸在自己的思想当中。她的脑海中有太多的思绪想要理清。其中有两个是不得不提的。其一，她决定她的小屋必须下周前要完工，而不是到下个月；其二，当她正继续慢慢朝前走时，她越想越觉得奇怪，为什么最终是德雷克先生帮她解决了一切事情。

后　记

◎李和庆

经过四年多的努力，这套"亨利·詹姆斯小说系列"终于付梓出版，与读者朋友们见面了。借此后记，一是想感谢读者朋友的厚爱，二是希望读者朋友了解和理解译事的艰辛。

二〇一五年初，我向九久读书人交付拙译《美妙的新世界》稿件后，跟著名翻译家、上海海事大学教授吴建国先生和九久读书人副总编邱小群女士喝下午茶时，邱女士说九久读书人有意组织翻译亨利·詹姆斯的作品，问我有没有兴趣和勇气做这件事。说心里话，我当时眼睛一亮，一方面是因为长期以来她给予我的信任着实让我感动，另一方面是为自己能得到一次攀译事高峰的机会感到高兴，但同时，我心里也有些忐忑。众所周知，詹姆斯的作品难译，自己是否有足够的能力去承担如此重任？我虽然此前曾囫囵吞枣地看过詹姆斯的《一位女士的画像》和《黛西·米勒》，但对他和他的作品一直缺少深入的了解和认识。回家后，我便利用现代化的网络拼命补课，结果发现，国内乃至整个华人世界对亨利·詹姆斯作品的译介让人大失所望，中文读者几乎没有机会去全面领略詹姆斯在小说创作领域的艺术成就。三个月后，在吴教授和邱女士的"怂恿"下，我横下心来决定要去啃一啃外国文学界和翻译界公认的"硬骨头"。

　　无可否认，亨利·詹姆斯是十九世纪末至二十世纪初美国继霍桑、梅尔维尔之后最伟大的小说家，也是美国乃至世界文学史上举足轻重的艺术大师，被誉为西方心理现代主义小说的先驱，"在小说史上的地位，便如同莎士比亚在诗歌史上的地位一般独一无二"（格雷厄姆·格林语）。詹姆斯是一位多产作家，一生共创作长篇小说二十二部、中短篇小说一百一十二篇、剧本十二部。此外，他还写了近十部游记、文学评论和传记等非文学创作类作品。面对这样一位艺术成就如此之高、作品如此庞杂而又内涵丰富的作家，要想完整呈现他的艺术成就，无疑是一项浩大而又艰巨的系统工程。要将这样一位作家呈献给中文读者，选题便成了相当棘手的问题。此后近一年的时间里，经过与吴教授和邱女士反复讨论，后经九久读书人和人民文学出版社领导审批立项，选题最终由我们最初准备推出的亨利·詹姆斯小说作品全集，逐渐浓缩为亨利·詹姆斯小说作品精选集。

　　说到确定选题的艰难历程，有必要先梳理一下詹姆斯小说作品在我国的译介情况。国内（包括港台地区）对詹姆斯的译介始于二十世纪八十年代，现今我们看到的詹姆斯作品的译本以中篇小说居多，其中包括《黛西·米勒》（赵萝蕤，1981；聂振雄，1983；张霞，1998；高兴、邹海仑，1999；张启渊，2000；贺爱军、杜明业，2010）、《螺丝在拧紧》（袁德成，2001；高兴、邹海仑，2004；刘勃、彭萍，2004；黄昱宁，2014；戴光年，2014）、《阿斯彭文稿》（主万，1983）、《德莫福夫人》（聂华苓，1980）、《地毯上的图案》（巫宁坤，1985）和《丛林猛兽》（赵萝蕤，1981）；长篇小说有《华盛顿广场》（侯维瑞，1982）、《一位女士的画像》（项星耀，1984；唐楷，1991；洪增流、尚晓进，1996；吴可，2001）、《使节》（袁德成、敖凡、曾令富，1998）、《金钵记》（姚小虹，2014）、《波士顿人》（代显梅，2016）和《鸽翼》（萧绪津，2018）。此外，新华出版社于一九八三年出版过一部《亨利·詹姆斯小说选》（陈健译），其中包括《国际风波》《黛西·米勒》和《阿斯帕恩的信》[1]三个中篇小说；湖南文艺出版社于一九九八年出版过一部《詹姆斯短篇小说选》（戴茵、杨红波译），其中包括《四次会面》《黛西·米拉》[2]《学生》《格瑞维尔·芬》《真品》《螺丝一拧》[3]和《丛林怪兽》七个中短篇小说[4]。纵观上述译本，我们发现，国内翻译界对詹姆斯中长篇小说的译介基本是零散的，缺少系统性，短篇作品则大多无人问津。

鉴于此，选题组在反复研究詹姆斯国内译介作品的基础上，决定首先精选詹姆斯各个时期的代表性作品，最终确定了首批詹姆斯译介的精选书目，共涵盖了六部长篇小说：《美国人》（1877）、《华盛顿广场》（1880）、《一位女士的画像》（1881）、《鸽翼》（1902）、《专使》（1903）和《金钵记》（1904），四部中篇小说：《黛西·米勒》（1878）、《伦敦围城》（1883）、《螺丝在拧紧》（1898）和《在笼中》（1898），以及各个时期的短篇小说十八篇。读者朋友从选题书目上可以看出，此次选题虽然覆盖了詹姆

---

① 即《阿斯彭文稿》（*The Aspern Papers*）。

② 一般译为《黛西·米勒》。

③ 一般译为《螺丝在拧紧》。

④ 此译本虽然命名为"短篇小说选"，但学界一般认为《黛西·米勒》《螺丝在拧紧》均为中篇。

斯各个时期的作品，但主要还是将目光放在了詹姆斯创作前期和后期的作品上，尤其是他赖以入选一九九八年美国"现代文库""二十世纪百部最佳英语小说"榜单、代表其最高艺术成就的三部长篇小说《鸽翼》《专使》和《金钵记》。詹姆斯的其他重要作品此次虽然没有收入，但我们相信，这套选集应该足以展示詹姆斯各创作时期的写作风格。此外，这套选集中的长篇小说《美国人》、中篇小说《在笼中》《伦敦围城》以及绝大多数短篇小说均属国内首译，以期弥补此前国内詹姆斯作品译介的空白，让中文读者能更好地认识这位与莎士比亚比肩的文学大师。

选题确定后，接下来的任务便是组建译者队伍。我们首先确定了组建译者队伍的基本原则：译者必须是语言功力深厚、贯通中西文化、治学严谨、勇于挑战的"攻坚派"。本着这样的原则，我们诚邀海峡两岸颇有影响的专家、学者，最后组建了现在的译者队伍，其中既有大名鼎鼎的职业翻译家，也有上海交通大学、华东理工大学、上海海事大学、上海电机学院等国内高校的专家、教授。他们不仅在日常的教学科研工作中治学严谨、成绩斐然，而且在翻译实践领域也是秉节持重、著作颇丰，在广大读者中都有自己忠实的拥趸。

说起亨利·詹姆斯，外国文学界和翻译界有一种不言自明的共识，那就是：詹姆斯的作品"难译"。究其原因，詹姆斯作品的艺术风格与酷爱乡土口语的马克·吐温截然不同。詹姆斯开创了心理分析小说的先河，是二十世纪小说意识流写作技巧的先驱。他的小说大多以普通人迷宫般的心理活动为主，语句冗长晦涩，用词歧义频生，比喻俯拾皆是，人物对话过分精雕，意思往往含混不清。正因如此，他在世时钟情于他的美国读者为数不多，他的作品一度饱受争议，直到两次世界大战前美国出现"第二次文艺复兴"时，作为小说家和批评家的詹姆斯才受到充分的重视。

面对这样一位作家和他业已历经百年的作品，该如何向生活在一个世纪之后的现代读者再现詹姆斯的艺术成就，便成了译者队伍共同面对的问题。翻译任务派发后，各位译者先是阅读和研究原著，之后又通过各种方式和渠道，多次探讨译著该如何再现原著风格的问题。虽然译者队伍年龄不同，阅历不同，研究方向不同，学术造诣不同，对原著文本的把握也有差异，但大家最后取得的共识是：恪守原著风格的原则不能变。我曾在一次读者见面会上见到翻译界的老前辈章祖德先生，并就翻译詹姆斯作品的种种困难以及如何克服等问题虔心向章老请教。章老表示，虽然詹姆斯的作品晦涩难懂、歧义频现，现代读者可能很难静下心来去阅读，但翻译的任务就是要再现原作的风采，不然，詹姆斯就成了通俗小说家欧文·华莱士和丹·布朗了。在翻译詹姆斯作品的过程中，章老的教诲我时刻铭记在心，丝毫不敢苟且。

说起做翻译，胡适先生曾说过："译书第一要对原作者负责，求不失原意；第二要对读者负责，求他们能懂；第三要对自己负责，求不致自欺欺人。"胡适先生的观点，也是此次参与詹姆斯小说作品译介项目的译者们的共识。

翻译詹姆斯的作品，能做到胡适先生提出的前两重责任已经是非常困难的了。胡适先生提出的"求不失原意"，其实就是严复的"信"和鲁迅先生的"忠实"。对译者来说，恪守这一点是译者理应秉持的态度，但问题是译者应该如何克服与作者间存在的巨大时空差距，做到"对原作者负责"。詹姆斯的作品大都语句烦琐冗长，用词模棱两可，语义晦暗不明，译者要想厘清"原意"，需挖空心思、绞尽脑汁、字斟句酌、反复推敲。在很多时候，为了准确理解一句话，译者需要前后反复映衬，甚至通篇关照。为了"不失原意"，译者必须走进作品，进入角色的内心世界，既做"导演"又做"演员"，根据作品的文本语境和时空语境，去深入体味作品中每个人物角色的心理活动，根据角色的性别、性格、年龄、身份、地位和受教育水平，去梳理作家通过这些角色意欲向读者传达的意图和意义。

胡适先生提出的"对读者负责"，其实就是严复的"达"和鲁迅先生的"通顺"的要求，用当代学术语言说，就是译文的接受性问题。詹姆斯的作品创作于十九世纪七十年代到二十世纪初，其小说当然是以那个时代欧美社会的物质生活和精神生活为背景的，小说的语言风格也是维多利亚时代的文风。一百多年过去了，在物质生活已经极其丰富、生活方式已经发生质变、意识形态和伦理道德均已大异其趣的今天去翻译他的作品，该如何吸引生活在当今数字化、信息化时代的读者去读詹姆斯的作品，而且让读者"能懂"作者的意图，是译者面临的巨大挑战。对此，译者们的态度是，在"不失原意"、恪守原作风格的前提下，在文本处理上，适当关照当代读者的阅读感受。比如，詹姆斯的作品中往往大量使用人称代词和替代，在很多情况下，为了厘清原著中的指代关系，读者往往需要返回上文，但更多的则是要到下文中很远的地方去寻找，这种"上蹿下跳"式的阅读方式无疑会严重影响读者的阅读体验。为此，在翻译过程中，译者根据上下文所指，采取明晰化补充的处理方式，目的就是照顾中文读者的阅读感受，省却"上蹿下跳"的阅读努力。本质上说，这种处理方式也是恪守译文必须"达"和"通顺"的要求，而"达即所以为信"。

就翻译而言，译者如能恪守前两重责任，似乎已经足够了，可胡适先生为什么还要提出第三重责任呢？这一点胡适先生没有详述，但对一个久事翻译的人来说，无论是从事文学翻译，还是非文学翻译，都必须具有高度的职业责任感和历史使命感，对译事必须"不忘初心"，始终如一地怀有敬畏之心。换句话说，在翻译过程中，译者自始至终都要用心、动情，不可苟且。只有"用心"，译者拿出来的译文才能经得起时间的考验。"用心"是译者"对原作者负责"和"对读者负责"的前提，也是当下物欲蔽心、人事浮躁的大环境下，对一个优秀译者的基本要求，也是最根本的要求。

培根说过，"书有可浅尝者，有可吞食者，少数则须咀嚼消化"。詹姆斯的作品概属"须咀嚼"方能"消化"的，对译者而言如此，对读者朋友来说何尝不是这样呢？培根还说，"读书足以怡情，足以博彩，足以长才"（王佐良译）。"怡情"也好，"博彩""长才"也罢，相信读者朋友读詹姆斯的作品自会各有心得。

　　在结束这篇后记之前，我要借此机会感谢以各种方式为这套选集翻译出版做出重大贡献的同志们。首先，感谢九久读书人和人民文学出版社的领导，是他们慧眼识金，使得这套选集能呈现在读者朋友面前。其次，感谢吴建国教授和邱小群副总编，是他们取之不尽、用之不竭的智慧，使得这套译著有望成为真正意义上的"精选"。再次，感谢这套译著的所有编辑和译审，对他们一丝不苟、"吹毛求疵"的敬业精神和"为人做嫁衣"的无私奉献，我表示由衷的感谢。此外，还要感谢所有译者几年来夜以继日、不避艰难的笔耕，以及他们的家人所给予的莫大支持。最后，要衷心感谢作为读者的您，如蒙不啬辛劳、不避讳言地批评指正，译者会备感荣幸。

2020 年 6 月于滴水湖畔